「キャー!」
外神夕陽《とがみ・ゆうひ》
10年ぶりに再会したクソガキは
清純美少女JKに成長していた
4
館西夕木
ill・ひげ猫
JN105283

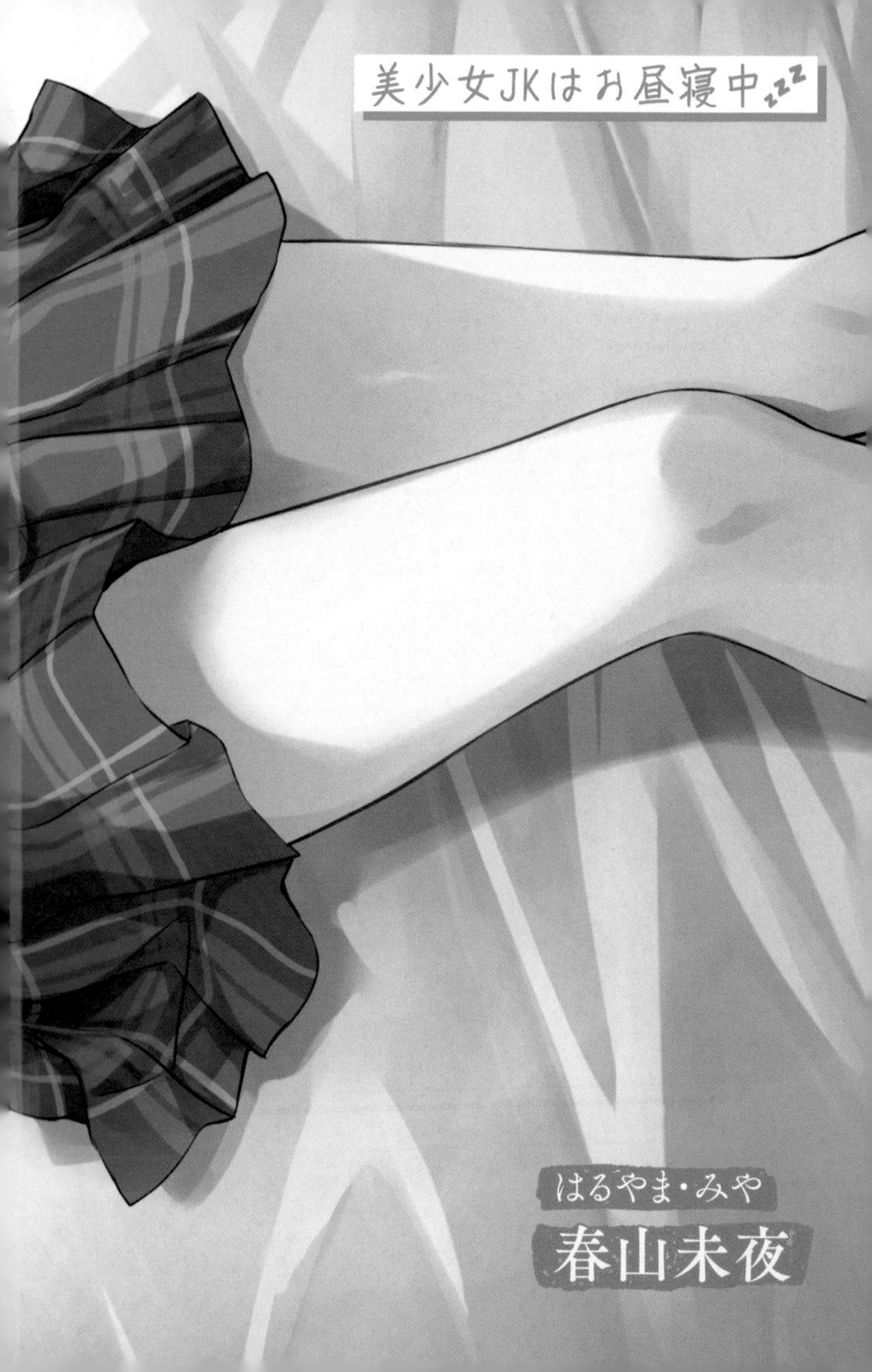
美少女JKはお昼寝中zzz
はるやま・みや
春山未夜

クソガキはパフェが食べたい
春山未夜《はるやま・みや》
龍石眞昼《りゅうしゃく・まひる》
源道寺朝華《げんどうじ・あさか》
Sweets For Lovers
期間限定
strawberry parfait
濃厚生クリーム
カップルイチゴパフェ
950yen

NNN

10年ぶりに再会したクソガキは清純美少女ＪＫに成長していた ４

館西夕木

OVERLAP

CONTENTS

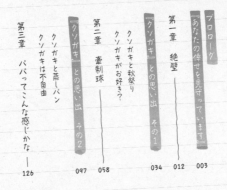

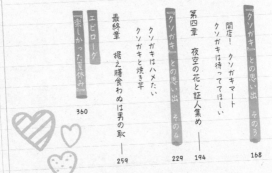

kanzai yuki

ill.higeneko

KUSOGAKI who met again for the first time in 10 years has grown into an innocent beautiful girl]

プロローグ『あなたの倖せを見守っています』

1

窓の外の庭の景色を眺めながら、私は息をついた。

「朝華《あさか》、準備はいいかい？」

黒いスーツ姿の父が部屋にやってきた。心なしか表情が硬く、緊張しているようだった。

それもそうだろう。

「鏡華《きようか》と灯華《とうか》は直接向かうそうだ」

私は制服姿である。冬服だから少し暑い。

「はい、分かりました」

「最後の制服姿を見せてあげなくっちゃな」

「……はい」

「じゃあ行こう」

私は重い腰を上げた。

今日は母の命日である。

七年前の夏、母は交通事故に巻き込まれて帰らぬ人となった。母が死んでから、私はできる限り母のことを考えないようにしてきた。母との思い出はたくさんあったはずだし、私は母が大好きなはずだった。けれど、思い起こされる母の思い出は、祖父の死を願う震える声と悲痛な後ろ姿だけ。それが嫌で、私はずっと母から目を背けてきた。

でも一年のうち一日だけ、命日のお墓参りだけは参加しなくてはいけない。

毎年のことだが、霊園に到着すると足取りが重くなり、体が震える。そして無言で鎮座する墓石と向き合うと、あの呪いの日の情景がフラッシュバックするのだ。

今年も、ついにこの日がやってきてしまった。

車窓の風景がだんだんと森に切り替わってきた。源道寺《げんどうじ》家のお墓は街の南西部の山中にある。ガタガタと揺れる車は今の私の不安を表しているかのよう。

やがて車は狭い駐車場へ入っていく。

「あーちゃん、久しぶりぃ！」

車から降りると、顔に豊満な胸が押し付けられる。外国の香水をつけているようで、エキゾチックな香りがした。

「暑苦しいです、灯華姉様」

抱き着いてきた姉の源道寺灯華を引きはがす。

「つれないなぁ、半年ぶりだってのに。あっ、そうそうお土産あるから」

「今度はどちらに？」

「いやさ、三蔵法師の辿《たど》った道を追体験しようと思って、中国からインドまで弾丸ツアーを――」

源道寺家次女、灯華。年齢は三十一歳。赤く染めた派手なショートカットに小麦色に焼けた肌、奔放という言葉を擬人化したような人だ。

彼女は海外を転々としながら生活をしており、日本には年に数回しか帰ってこない。会うたびに髪色が変わり、正月に会った時はたしか緑色の髪で父と鏡華が激怒していたっけ。アメリカの大学に通うために移住したのはいいが、何に感化されたのか、卒業後もアメリカに残り、家の会社に就職することもなく、そのまま海外を遊んでまわ――飛び回っている。

「それでさぁ、途中で寄ったタイのカレーが辛くって」

「……三蔵法師の旅程にタイはありましたっけ？」

そのルートはたぶん違うのでは、と私は思った。

「灯華、お母様の前ですよ。静かになさい」

鏡華姉様がたしなめる。

「へーい」

「そろそろこっちに戻って身を固めたらどうなの？」

「いやいや、会社は姉貴が継ぐんだし、あたしは自由にやらせてもらうよ。次女の特権」

「はぁ、全く。朝華、久しぶりね」

「ご無沙汰しています、鏡華姉様」

源道寺家長女、鏡華。年齢は三十五歳。〈ゲンドウジ〉の専務を務めるバリバリのキャリアウーマンだ。長く伸ばした黒髪に、射抜くような眼光。すっきりとした鼻筋は母譲りだろう。かつて結婚をしていたが、おりしも母が亡くなった年に離婚して今はバツイチ。子供もいない。

鏡華姉様は私の頬を撫《な》でて、

「お母様にそっくりになって」

愛《いと》おしそうな表情を見せる。

「ねっ、本当にお母さんにそっくりだよ」

灯華姉様も同調する。

「そうですか?」

鏡華姉様も灯華姉様も私と年齢が一回り以上離れており、子供時代は離れて暮らしていたのもあって、姉というより親戚のお姉さんといった感じだった。

「お前たち、行くぞ」

父の号令で私たちはお墓へ向かう。

深い山中に造られた霊園。荘厳な空気が漂い、耳に入るのは私たちの足音だけ。虫たちの声も聞こえなければ、風のささやきも聞こえない。

木々に挟まれた階段を上る。

一歩一歩進むたびに、足が重く感じる。呼吸が荒くなり、頭が痛くなる――はずだった。少なくとも去年まではそうだった。

やがて墓地へたどり着く。周囲を林が覆い、静寂に包まれている。入口にあった水道で水を汲《く》み、父が桶《おけ》を持った。

皆、無言のまま進む。

林立する墓石。どこからか漂ってくる線香の香り。私たちは源道寺家のお墓の前で立ち止まった。

墓石に水をかけ、花立てに菊を入れる。線香を香炉に立てると、切ない匂いが立ち昇ってきた。父から順番に墓石の前に立ち、手を合わせる。この時ばかりは灯華姉様もしんみりとした表情になる。

「さあ、朝華」

父に促され、一歩前に出る。

毎年、この瞬間が嫌だった。

避けていた母との思い出が呪わしい記憶となって蘇《よみがえ》る。いつも、私が手を合わせている時間は一番短かった。

でも今年からはもう違う。

思い出ばかりに囚《とら》われていた私はもういない。思い出も大切だけれど、それ以上に大切な人と再会できたから。

目を閉じると、瞼《まぶた》の裏に当時の映像が流れる。

——暗い洗面台に突っ伏す母。ちょろちょろと流れる水の音。

今すぐにでもここを離れたい。でもそれじゃ駄目だ。お母さん、私はあなたを乗り越えていきます。思い出が全て消えてしまっても、今の私には勇《ゆう》にぃがいる。

——『早く死んでくれ』という呟《つぶや》きを覚悟していた。しかし、背中を向けていた母は何も言わずに振り返った。

「え？」

その表情は、どこまでも清らかで、あたたかい笑顔だった。

「朝華？」

「気分が悪い？」

二人の姉が私の背中をさする。気づけば、私はしゃがみ込んでしまっていたらしい。

「お母さん……」

久しぶりに母の顔を見た、いや思い出した。私の思い浮かべる母はいつも後ろ姿ばかりだったから。同時に、母との思い出が雪崩のように私の心に流れ込んできた。

「うぅ……」

私の名を呼ぶ声。忙しい仕事の合間を縫って、遊んでくれた母。幼稚園の頃は子守歌をよく歌ってくれたっけ。

視界が滲《にじ》んで想《おも》いが溢《あふ》れた。

「うわぁあああん」

お母さん、大好きでした。

2

「もう落ち着いた?」

鏡華姉様が顔を覗《のぞ》き込む。

「はい、大丈夫です」

そして、私は改めて手を合わせた。

お母さん、私は高校三年生になりました。

今はとても楽しく暮らしています。私はお母さんのことが大好きです。今まで目を背けていてごめんなさい。人の世界は綺麗《きれい》なものではありません。大人になってようやくそのことに気づきました。

お母さんが思い詰めてしまった理由も今では理解できます。あの時、逃げるのではなく、お母さんの支えになってあげることができていたら、違う未来があったのでしょう。

私は思い出こそが、思い出の中の世界こそが至上のものだと考えてきました。けれど思い出以上に大事なものができました。

私は今、ある男の人のために生きています。

その人のことを考えると、心がぽかぽかと温かくなり、時には燃えるように熱くなります。

その人といる時が、一番倖《しあわ》せです。

お母さんと同じお墓には入れないけれど、見守っていてくれたら嬉《うれ》しいです。

また、会いに来ます。

お墓参りを終え、私たちは出口へ向かう。その時だった。

「え？」

私は振り返る。

「どうした？　あーちゃん」

「いえ、なんでも。行きましょう」

木漏れ日の落ちる階段を下りていると、蟬《せみ》の声が聞こえてきた。

第一章　絶壁

時間は少しだけ遡り、キャンプへ行く二日前。

1

午前九時半。

国道139号線を北に進む。東側に見える富士山は、頂上部分から大沢崩れが深く刻まれている。周囲には高原が広がり、牧歌的な風景がどこまでも続いていた。この辺りには牧場がいくつかあるため、窓から入り込む空気にはそれらの独特な香りが混じっていた。

あまり好きではない匂いだけれど、子供時代を感じさせる懐かしさがあって、窓は閉めずに走り続ける。

空は抜けるように青く、雲一つない最高の天気だ。

今日は街の北西部にある祖父母の家に行く予定である。こちらに帰省してから、思えば一度も顔を見せていなかった。祖父母と会うのも十年ぶりか。

シビックを唸《うな》らせながら、俺は道なりに進む。

時期が時期だからか、行き交う車の中にキャンピングカーや観光バスが多い気がするな。

この辺りは観光資源が豊富で、アウトドアを目的とした人々がよく訪れる。キャンプ場や宿泊施設も充実しており、俺たちが明後日《あさって》行くキャンプ場もこの近くにある。

林の中に折れる道に入り、俺は母方の実家——外神《とがみ》家へ向かった。

「久しぶりだなぁ」

外神家は純和風の屋敷である。広い前庭には橋を渡した池があり、植え込みなどは手入れが行き届いている。

草木に水をやる小さな背中が見えた。俺はこっそり背後から忍び寄り、声をかける。

「よっ」

「わっ、あれ、勇ちゃん!?」

「久しぶり、婆《ばあ》ちゃん」

「やだよもう、びっくりした」

母方の祖母——外神勝乃《かつの》は胸に手を当てて大きく息を吐いた。

「ごめんごめん」

少し曲がった背中、度の強い老眼鏡、短めの髪に全体的にぽっちゃりした体型。記憶の中の祖母の姿とほとんど変わりない。白髪が少し増えたくらいか。

「爺《じい》ちゃんは？」

「農協に行ってるよ。いやあびっくりだ」

暑いところで立ち話というのもあれなので、俺たちは屋内に入った。庭に面した和室で冷たい麦茶を飲みながら、積もる話に花を咲かせる。

「高校出てからちっとも顔を見せないんだから。三月に帰ってきたんだら？」

「そうそう」

「一度くらいは帰ってきなさいな。正月にも顔を出さないで全く」

「まあ、忙しかったんだって」

「本当にもう」

祖母はうさぎの形をした愛らしいコースターにコップを置いて立ち上がる。

「お菓子があるよ。食べるら？　あっ、そうそう今ね――」

その時、インターホンが鳴った。

「ん？　誰だら」

祖母は大儀そうに玄関へ向かった。俺は一人麦茶を飲みながら室内をうろつく。

壁のシミ、家具の配置に柱の木目。どれも昔のままだ。さすがに固定電話機や冷蔵庫、エアコンなどの家電なんかは最新のものに変わっていたけれど。

我が家からは距離があるため頻繁に訪れることはなかったが、子供の頃の思い出がたくさん詰まった大事な場所だ。

まだ祖母は戻ってこない。

覗いてみると中年の女の人と玄関で立ち話をしていた。この分ではまだ戻ってこないな。もう少し屋敷の中を見て回ろうかな。

大広間を覗く。

三十畳ほどの広さで、細長い座卓が平行に並んでいる。正月やお盆なんかに、親戚が集まってここでよく宴会をしていたっけ。

母を筆頭にうちの親族たちはみな酒豪揃《ぞろ》いで、三度の飯よりも酒が大好きな人間ばかりだ。何かにつけては集まり、この部屋で酒盛りをしていた。あの頃の喧騒《けんそう》が蘇《よみがえ》ってくるような気がする。

「ん？」

奥のテーブルとテレビの間に、なんだかこの場に似つかわしくないものを発見した。

赤い水玉模様が描かれた小さな手帳のようなものだ。そのそばにはハロー○ティのキーホルダーのついたペンが放置されている。

酒宴の匂いが染みついたような部屋に、こんな可愛《かわい》らしいものがあるとは。祖母のものだろうけれど、なんだかちょっとメルヘンチックすぎやしないか？

心はいつまでも若々しくいたいということだろうか。

二階に上がり、祖父の書斎へ。

埃《ほこり》と脂のような匂いがする。ここもほとんど昔と変わらない。

左右の壁は天井まで届くほどの書架で埋まり、様々な種類の本が詰め込まれている。正面の窓の手前には書き物机が鎮座しているが、部屋の主はいない。農協に行っていると先ほど祖母が言っていたな。

書き物机の上には小説が積まれ、ぐい呑《の》みとさきいかの袋が無造作に置かれていた。机の横には空になった日本酒の瓶が転がっている。

祖父はよくここで読書をしながら晩酌をしていた。子供の頃はよくここに忍び込んで祖父に酒のつまみを分けてもらったな。酒が飲めなかったので——今でもあまり飲めないが——サイダーやコーラを代わりに飲んでまね事をしていたなぁ。

「お？」

ここでもまた、不釣り合いなものを発見した。

部屋の中央のテーブルの上に小物入れがあり、そこにいちごみるくやハイチュウなどのお菓子が。

俺の記憶が正しければ、祖父は甘いものが苦手だったはずだが……

まあ人間、好みなんて変わることもあるだろう。

その後も俺は思い出を振り返りながら屋敷の中を練り歩いた。

「ここだ」

二階のとある一室。

ここは特に思い出深い場所だ。

大人たちが宴会に夢中になっている間、従兄弟《いとこ》たちとよく集まり、ゲームをしたりして遊んだ部屋。とはいえ、この家には据え置きのゲームがスー○ァミしかないので、ゲーム○ューブやプ○ステ2を各自持参したり、ゲー○ボーイアドバンスやD○などの携帯ゲーム機で遊んだ。

俺は戸を開ける。すると、まず目に入ってきたのは、

「え？」

「へ？」

白いパンツに包まれた、お尻だった。

＊

背中まで伸ばした金色の髪、雪のように白い肌。肩越しに俺を見つめる青い瞳。脱いだばかりのTシャツを右手で持っている。

その人形のように整った顔からは突然の出来事への動揺が窺《うかが》えるが、それは俺も同じだ。

だ、誰だ？

年齢は十代半ば、中学生くらいか？

俺と彼女は視線を合わせたまま、一歩も動かなかった。いきなりのことに、互いに状況が理解できないままフリーズしてしまったようだ。部屋から甘い香りが漂ってくる。いやそんなことはどうでもいい。

「えと……」

俺が口を開きかけると同時に、彼女はこちらに向き直る。そして悲鳴を上げた。

「キャー！」

その甲高い声に、ようやく俺は自分の状況を理解する。

なんということか。これではまるで、俺は少女の着替えを覗《のぞ》きに来たスケベ野郎ではないか。

「ご、ごめんなさい」

素早く戸を閉める。

いったい何事だ？

というか、あの美少女は誰だ。この家は祖父と祖母の二人暮らしのはず……それなのになぜ金髪美少女が？　ま、まさか……できたのか、あの歳《とし》で？

そんなことあるはずがない……とは言い切れない。あの子が十五歳だとして、祖父母の年齢を逆算して……しかしあの子はどう見ても海外の血が入っているから……

「はっ！」

まさか隠し子？

いやいや何を考えてるんだ俺は。

パニックになりすぎて、さっきから思考が斜め上の方向を向いてしまっている。深呼吸をし、自分を落ち着かせる。事情を知っているであろう祖母に聞こうと思い、急いで一階に下りた。

「あれ？　どこ行った？」

先ほどまで玄関にいたはずなのだが、姿が見当たらない。

「婆ちゃん？」

台所や大広間など、手当たり次第に捜してみたが、祖母は見つからなかった。外に出ていったのだろうか。俺は靴を履いて表に出る。

庭に出てみるも、ここにも祖母はいない。

「まいったな」

中に戻る気になれない。いったいあの子は何者なのだろうか。そうやって十分ほど外で待っていると、祖母が野菜を抱えて戻ってきた。

「おーい」

そういえば裏手に畑があったっけ。

「あっ、婆ちゃん」

「勇《ゆう》ちゃん、野菜持ってきな」

「ああ、ありがと。いや、そんなことより……」

今しがたのトラブルについて説明しなくては。

その時、だった。家の前に、見慣れた白黒の車――パトカーが乗りこんできた。

「へ？」

そして、緊張した面持ちの警察官が出てくる。その物々しい様子に、俺はきゅっと胸が締め付けられた。

さっきから頭の中が「？」の連続だ。

「通報を受けてやってきました」？

「もう大丈夫ですよ」

？

「あの、何か？」

祖母が尋ねる。

「不審者が家の中に侵入してきた、と通報を受けてやってきたのですが」

？

俺と祖母は顔を見合わせる。

「こいつよ、こいつ。お巡りさん」

今度は背後から声が聞こえた。振り返ると、先ほどの美少女が。

「お婆《ばあ》ちゃんから離れなさい」

お婆ちゃん？

「き、君は一体」

美少女は俺を無視して、警察官に詰め寄る。

「どうしたのさ、夕陽《ゆうひ》？」

祖母が聞く。

「こいつが、夕陽の着替えを覗いてたんです」

そう言って、彼女は俺を指さした。

胸がざわめく。

快晴の空の下とは思えないほど、その場に流れる空気はひどく澱《よど》んでいる。

警察官の無機質な視線、金髪美少女の燃えるような視線、そして、祖母の困惑に満ちた視線が全て俺に集まる。

胃がキリキリと収縮し、血液が凍り付くぐらい体温が下がっているような気がする。それでいて、全身にどっと汗をかく、懐かしい感覚だ。

警察官は一歩こちらに踏み出す。

「君、ちょっと詳しく話を聞かせてくれるかな」

「ち、違うんです。誤解なんです。俺はただ――」

その時、謎の金髪美少女は青い瞳で俺を睨《にら》んで、

「あんた、いったい誰よ」

「それはこっちのセリフだ」と口にしかけたところで、先ほどの彼女と祖母の会話の中で登場した名前を思い出す。

夕陽。

ふと懐かしい記憶が頭の底から湧き上がってきた。夕陽っていうのはたしか……

イギリス人の母譲りの淡い金色の髪に人形のように整った顔立ち。小さくてマイペースな性格、外神《とがみ》夕陽。俺の従妹《いとこ》だ。お盆や正月など、年に数回程度しか会う機会がなかったのと、ここ十年は会っていなかったため、すっかり忘れていた。

そうだそうだ。

「婆ちゃん、もしかしてこの子、夕陽ちゃん？」

祖母は嬉《うれ》しそうに顔をほころばせる。

「そうそう、今はうちに住んでるんだよ」

「へぇ、大きくなって……」

記憶の中の夕陽の姿は、幼稚園に通っていた頃で止まってしまっているが、その面影はたしかにある。

「夕陽ちゃん、久しぶりだね、俺のこと憶《おぼ》えてる？」

「知らないわよ、誰あんた！」

「うっ……」

今にも飛びかからんばかりの剣幕で夕陽は叫ぶ。

それもそうだ。

彼女にしてみれば、知らないおっさんがいきなり自分の部屋にやってきて、着替え姿を見られたのだから。

「勇ちゃんだよ、憶えてないかい？　さやかの子で、あんた昔よく遊んでもらったら？」

祖母がなだめるように言うと、夕陽はじろっとこちらを見据えて、

「さやか伯母さんの……？ってことは、おっさん、夕陽の従兄弟なの？」

「そう。今日は遊びに来たんだよ。着替え中に部屋に入っちゃったのは本当にごめん。悪かったよ。夕陽ちゃんが住んでること知らなくてさ」

俺は深々と頭を下げた。

「あたしも先に言っとけばよかったねぇ」と祖母。

「本当にごめん」

「……本当に悪いと思ってる？」

「ああ」

「ふぅん。ま、夕陽も鬼じゃないし、心から謝ってるんだったら別に許してあげてもいいけど」

「本当？　ありがとう」

「ふんっ」

腕を組み、不服そうな調子ではあるが、なんとか許しを得た。ここまでのやり取りを見守っていた警察官にも事情を説明し、ようやく誤解は解けた。

「すいません、お騒がせしました」

俺は警察官にも頭を下げ、去って行くパトカーを見送った。

2

屋敷の居間に集まり、俺たちは改めて顔を合わせる。

「十年ぶりかな、夕陽ちゃん。こんなに大きくなって」

「夕陽は全然憶えてないけどね」

「そ、そう」

夕陽と最後に会った時、彼女は幼稚園の年長さんだった。当時六歳なのだから、そこから十年以上も会わなければ俺のことを憶えていなくても不思議ではないか。

未夜《みや》たちのように毎日一緒に過ごしていたわけではないし、十年も会うことがなければ、これがまともな反応だろう。

こちらが憶えているだけになんだかちょっと寂しい。

「二人でゲームをしたりして遊んでたんだよ」と祖母が昔を懐かしむように言った。

「憶えてないわ」

夕陽は即答する。

「親戚なのに、お正月やお盆にも帰省してこなかったみたいだけど？」

痛いところを突かれた。

「帰省できないくらい仕事が忙しくてさ、仕事を辞めて三月に静岡に戻ってきたんだ」

「ニートってこと？」

「いや、ちゃんと実家の店で働いてるから」

「〈ムーンナイトテラス〉ね。最近は行ってないわ」

夕陽は退屈そうな調子だ。俺はできる限り話を膨らませようと試みる。

「もう高校生だよね。どこの高校？」

「北高」

「へぇ」

未夜や眞昼《まひる》と同じ高校か。

「俺も昔は北高だったよ」

「あっそ」

興味なさげに夕陽は髪を指に巻く。

「勇ちゃんが東京に就職して、十年くらい経《た》つからねぇ」

祖母がお茶を淹《い》れに席を立つと、夕陽はぐいとこちらに顔を突き出し、

「誤解だったってことは認めてあげるけど、夕陽が着替えてるところを見られたのは事実なんだから、この償いはいつかきっちりしてもらうんだからね。この変態」

そう言い残して、夕陽は部屋から出ていった。

「へ、変態って」

これは相当警戒されているな。

出会い方が出会い方だけに、非は完全にこちらにあるのだから嫌われても仕方ないのだが。昔から知っている子――それも親戚――に拒絶されるのは心にくるな。

「あれ？　夕陽は？」

お盆に三人分のコップを乗せ、祖母が戻ってくる。

「そう、昔みたいに仲良くしてほしいんだけどねぇ」

「部屋に戻ったみたい」

「いやぁ……ははっ」

その日は外神家で夕食をお呼ばれし、車は置いて泊まらせてもらうことに。

「ほれ、もう一杯」

祖父──外神豊吉《とよきち》は、空になったコップにすかさずビールを注《つ》ぐ。

「も、もう無理だって、爺《じい》ちゃん」

「何を言ってんだ。まだ一瓶も空けてないぞ」

祖父が半分以上残ったビール瓶を掲げる。

「こらこら、あんまり無理して飲ませるものじゃないよ。ほら、勇ちゃん貸しな」

俺からコップをひったくり、祖母は一息にビールを飲み干した。

「マジかよ」

「ぷはっ、んまいねぇ」

そうして祖父母はどんどん空き瓶を量産していく。

「お婆ちゃん、あんまり飲みすぎちゃだめよ」

夕陽が言うと、祖母はにっこり微笑《ほほえ》んで、

「大丈夫、大丈夫」

「はぁ」

たしかに余裕そうだ。さすがは母をこの世に産み落としただけのことはある。祖父母がこうして酒を大量に飲む様子は子供の頃から見慣れていた。けれど、酒の魔力を知る年齢になって改めてこういう光景を目にすると、それがいかにヤバいことかを理解できた。

まるで水でも飲むかのようにビールが流し込まれていく。俺はちびちびと数分に一回ビールを一口飲むだけで精いっぱいだというのに。

「はぁ。勇《ゆう》と酒を飲める日が来るなんてなぁ」

祖父は上機嫌だ。

「……ご馳走様《ちそうさま》」

夕陽が席を立つ。昼間のこともあってか、彼女とはなかなか会話が弾まなかった。

「あ、あの夕陽ちゃん」

「何？　変態」

「うっ……」

取り付く島もない。さらには変態の烙印《らくいん》を押される始末。

「夕陽はどうしたんだ？　せっかく勇が来てるのに」

「あの年頃は色々あるんだら。勇ちゃん、部屋は二階の奥のところを使ってね」

「あ、うん」

　本当は泊まっていくつもりはなかったのだが、祖父に強引に誘われ、つい飲んでしまった。明日は仕事なので、朝早く起きて家に戻らなくては。それから祖父母の晩酌に付き合い、俺もそこそこの量を飲んだ。

　頭がぐわんぐわんし、視界がぐるぐる回る。

　これはちょっとやばいな。

　吐くほどではないけれど、そろそろ限界がやってきたようだ。

「お、俺、もう寝るよ」

「二階の奥だからね」

「うん」

　バランスを上手《うま》く保てないまま、俺は部屋を出た。

　これ、階段をうまく上れるだろうか。

＊

　夕陽《ゆうひ》はアルバムをめくる。この屋敷の大広間で写した一枚に目を落とす。

　なるほど、親戚のみんなの中にたしかにあのおっさんの顔がある。

こっちの方にはなんとあのおっさんと夕陽のツーショットの写真まであった。夕陽が四歳の時の写真。おっさんが夕陽を抱きかかえて、庭の橋の上で笑っている。

「ふうん」

夕陽は全く憶えてないけど、あのおっさんが夕陽の従兄弟《いとこ》って話は本当みたい。有月《ありつき》の伯母さんの息子が東京に就職したって話を、そういえばだいぶ昔に聞いたことあったっけ。

ほかにも、一緒にスー○ァミをしているところや、居間のこたつに二人で寝そべっているところ、おっさんが馬になって夕陽を乗せているところなど、おっさんと夕陽のツーショットはたくさんあった。

「……」

どちらも仲がよさそうで、まるで兄妹のようだ。

向こうは夕陽のことを憶えてたんだなぁ。なんだか冷たい態度を取って、悪いことしちゃったかも。そりゃ、夕陽の着替えを覗《のぞ》いたことは大罪だけれど。

この北高鉄壁聖女の一人である夕陽の着替えシーンを覗くなんて、殺されても文句は言えないんだから。

時計をちらと見ると、そろそろ八時。お風呂にでも入ろうかな。

一階に下りたところで、誰かとぶつかった。

「痛っ」

「おわっ」

「なっ！」

あのおっさんが夕陽に突っ込むようにしてぶつかってきた。おっさんの顔が夕陽の胸にぶつかる。

この変態、やっぱりわざとやってるんじゃ……

「うわっと」

だいぶ酔っているようで、そのままおっさんは尻もちをつく。どうやら酒に飲まれて足がふらつき、転びかけた拍子に夕陽にぶつかったようだ。

呆《あき》れるなぁ。

「はぁ、ちょっと大丈――」

優しい夕陽は手を差し伸べる。

「あっ、夕陽ちゃん？　な、なんか壁にぶつかっちゃってさ」

「っ！　か、壁……？」

「いや、壁というか、板というか、なんか平たいものに……」

真っ赤な顔をし、おっさんは焦点の定まらない目を虚空に向けている。今ぶつかったのが、夕陽と気づかないくらい酔っぱらってるようだ。

でも――

「垂直というか、まっすぐというか、とにかく平たいものに……」

「壁で、悪かったわね！」

差し伸べた手を翻し、頬に向けて思い切り打ち付ける。

ぱぁん、と気持ちのいい音が鳴った。

「うぎゃっ」

「ちょっとちょっと、どうしたんだい」

お婆《ばあ》ちゃんが居間からやってきた。

「ふらついて、壁にぶつかっちゃって――」

まだ言うか。

「もう知らないんだから、この変態！」

二人を残して、夕陽はお風呂に急いだ。

『クソガキ』との思い出……♥……その1

クソガキと秋祭り

1

軽快な太鼓の響き、踊るような笛の音色。時折、それらの祭《まつ》り囃子《ばやし》に交じって号砲が大気を震わせる。気分が高揚し、火照った体に秋風が心地いい。

秋祭りである。

毎年、十一月三日から五日までの三日間、浅間《せんげん》大社とその周辺で秋祭りが行われる。境内を露店が埋め尽くし、町内ごとに準備した山車を引き回すのだ。

山車に乗って太鼓を叩《たた》いたり、笛を奏でたり、ほかの町内の山車と競り合いを行ったりと、その熱気と活気は凄《すさ》まじい。

俺たちの町内も山車を出しており、母と父も朝から祭りに参加していた。

俺も子供の頃は山車の上に乗って太鼓を叩いたものだが、今では見物人として外から見ている方が、気が楽だったりする。

　ぶっちゃけて言えば、こういう行事に参加するのは気恥ずかしいのだ。競り合いの時は声を上げて相手を威嚇（？）しないといけないし、派手な格好をたくさんの人に見られるし……。

　まあそれはそれとしてこの祭りの雰囲気は好きなので、今回は応援する側でいよう。

　昼過ぎ、露店を冷やかしてからうちの町内の集会所に行くと、参加者たちが山車を囲んでいた。若い連中はほとんどが腹掛に鯉口《こいぐち》シャツの大工のような姿で、その上からハッピを着ている。年配の人は黒い着物を着ていた。

　母はすでに缶ビールを片手に談笑をしており、父は未夜《みや》の父である春山《はるやま》太一《たいち》――たっちゃんと一緒に山車の点検を手伝っていた。

「おーい、勇にぃ」

「勇にぃ」

「勇にぃ」

　やれやれ、聞き慣れた声が聞こえてきたぞ。

　クソガキどもも腹掛と鯉口シャツ、股引《ももひ》き姿で、頭には白い鉢巻きを巻いている。未夜と朝華《あさか》は長い髪をポニーテールにし、後ろで結っている。朝華が髪を上げるのは珍しいので新鮮だ。

「おう、おめーら。似合ってんじゃねーか」

「勇《ゆう》にぃ、私たち太鼓やるんだぞ」

未夜が腰に差したばちを取り出し、中空を叩いた。

「とんとことんとことんとことん、って」

太鼓や笛の演奏は交代制で行われるのだ。

「おめぇらにちゃんとできるのかぁ？　太鼓は難しいんだぜ」

「ちゃんと練習したもん、ねー」

「ねー」

クソガキ三人は顔を見合わせる。

「勇にぃ、ちゃんと見てろよな」

眞昼《まひる》が言う。

「おー、分かった分かった。で、お前らの出番はいつだ？」

俺は母から借りていたスケジュール表を見る。うちの地区の山車の引き回しルートやどの辺りでよその地区と競り合いをするのか、今の内に確認しておこう。

「あたしたちが一番だ。ここからここまで」

「ほう、競り合いには出るのか？」

「出ない」

「そうか」

まあ、さすがに小一にはきついだろう。

「勇にぃ、あとで浅間《せんげん》さんのお祭りの方にも行きましょう」

朝華が俺の服を引っ張る。どうやら露店の方も見てみたいようだ。ちなみに、この街の人々は浅間《せんげん》大社のことを浅間《せんげん》さんと呼ぶ。

「ん？　お前らずっと引き回しに参加するんじゃないのか？」

「午後に休憩時間が一時間ぐらいありますから」

俺はスケジュール表を確認する。

「あたし、チョコバナナ食べたい」

「分かった分かった」

「勇にぃ、あそこを見ろ」

未夜が山車の上方を指さす。

「あん？」

「あれって本物の人？」

山車の上には着物を着た女の人形が祭られている。

「んなわけねーだろうが」

「おーい、有月くん！」

振り返ると、下村光《しもむらひかり》が駆け寄ってきていた。服装を見るに、彼女も祭りに参加するようだ。

「下村は今年も出るのか」

「うん、笛を吹くの。有月《ありつき》くんは出ないんだね」

「出ねーよ。あんな目立つところに乗りたくねぇからな」

「小学校の頃は出てたのに」

「あの頃は親に無理やり出させられてただけだ」

「……高いところが怖かったりして」

「は？　はぁ!?　ちょ、はぁ？」

「あれ？　図星だった？」

「そ、そそそ、そんなわけねーだろ。あっ、そろそろ始まるみたいだぞ」

車輪にかませていた木製の板が外され、山車が動き始めた。町内の人々が練り歩き、その後ろに続いて山車がゆっくりと進む。沿道には見物人がひしめき、時折声援が投げられた。

あちらこちらから祭り囃子が聞こえてくる。

豪奢《ごうしゃ》な飾り付けがされた山車だが、日常の風景に溶け込んで見えるのは子供の頃からこの光景を見てきたからだろうか。

長い棒を持った屈強な男が山車の周囲を固めている。あの棒を車輪にかませて山車を止めたり、動かしたりするのだ。

山車の前方にはこれまた腕っぷしに自慢がありそうな男たちの集団があり、山車から延びる綱を引っ張っていた。その中にはたっちゃんや父の姿もある。

山車の上には光の姿があった。柱に縄を結び付け、その縄に寄りかかるようにして斜めに体を乗り出している。楽しそうに笛を吹いているが、怖くないのだろうか。

未夜たちは三人並んで太鼓を叩いている。

未夜は緊張しているようで、眉間に常にしわが寄り、口を結んでいた。眞昼は山車の上という状況を楽しんでいるようで、満点の笑顔だ。朝華は真剣そのもので、きりっとした表情でバチを叩いている。

一度休憩を挟み、演奏係が交代した。

「勇にぃ、どうだったー？」

「勇にぃ、どうだったー？」

「勇にぃ、どうでした？」

三人が道の端で見物していた俺のもとに駆け寄ってくる。

「ちゃんと見てた？」と未夜。

「見てたぞ。お前ら、ちょっとだけすごいじゃねーか」

「ちょっとだけってなんだ」

眞昼が俺の尻をぺしぺし叩く。

「勇にぃ、ご褒美欲しいです」

朝華が俺の手に絡みつく。

「分かったよ、あとで出店でなんか買ってやるよ」

「わーい」

「わーい」

「わーい」

「ほら、お前ら列に戻れ」

「はーい」

「はいはい」

「はーい」

やがて一同は歩みを止める。正面の道には別の町内の山車の姿が。

目と目が合ったら競り合い勝負の始まりだ、というのは昔の話。どこで競り合いを実施するのかは事前に決められているのだ。

昔は道が狭く、偶然かち合った地区同士でどちらが道を譲るかを競り合いで決めたという。負けた地区が勝った地区に道を譲り、引き返して別の道を探すという弱肉強食の世界が繰り広げられていたらしいが、どこまで本当なのかは分からない。

山車同士がだんだんと近づいていく。演奏も激しくなり、周りの興奮を煽《あお》る。いよいよ双方の距離は一メートルにも満たない。紐《ひも》でぶら下がっている者は相手を煽るように睨《にら》み、山車を囲む男たちが声を上げる。

やがて山車が引き離され、立会人の老人がマイクを持つ。

「えー、今の競り合い、引き分け」

ガクッとうなだれることはない。予定調和である。現代の競り合いで勝ち負けをつけることはない。

それぞれ山車を方向転換させ、それぞれのルートに戻っていく。

2

休憩時間になったので、クソガキたちを連れて境内に向かった。露店が向かい合わせになって延々と続き、あちこちからいい匂いが立ち込めている。

「おい、未夜、走るな」

ただでさえ露店に場所を取られ、道が狭まっているところに大勢の人が集まっているのだ。

「はぐれるだろうが」

「そうしたらまた勇にぃを迷子センターで呼び出すもんね」

「それはマジでやめろ」

「勇にぃ、チョコバナナ」

眞昼がチョコバナナの出店の前で立ち止まる。三人分のチョコバナナを買ってやる。

「美味《うま》ーい」

「美味《うま》い」

「美味《おい》しい」

「あっ、勇にぃ、亀さんがいます」

朝華が亀を売っている露店で足を止めた。

「可愛《かわい》い」

「朝華、亀はすぐにでっかくなるぞ」

眞昼が悟ったような口ぶりで言う。

「え？　そうなの？」

「ばあちゃんちの亀は、たった一年であたしの顔より大きくなった」

「ええ、すごい」

「勇にぃ、あれやりたい」

未夜《みや》が巨大な怪獣を模したアトラクションを指さす。

「あー、懐かしいな」

ドーム状の内部には空気がパンパンに詰まったエアマットが敷かれており、中に入って飛び跳ねて遊ぶことができる遊具だ。こういう祭事には必ずと言っていいほど出店される。

「気を付けてこいよ」

「え？　勇にぃも入ろうよ」

未夜が俺の手を引っ張る。

「あ？　いや俺は大人だし」

「大人も入れるよ。料金は五百円ね」

受付のおばさんがにこやかに言う。子供の倍するのか。仕方ない。俺は五百円を払い、強風が漏れている入口に突入した。

「おお」

空気で盛り上がった床に、ぽよんぽよんと足が押し返される感覚。

懐かしい。

少し力を入れるだけで一メートルは余裕でジャンプできた。

「はっはっは、楽しいな」

見ると、クソガキたちも地上では体験することのできない浮遊感を楽しんでいた。

「あ、朝華《あさか》、眼鏡気を付けろよ」

「はーい」

「勇《ゆう》にぃ、食らえ！　ラ○ダーキック」

眞昼《まひる》のするどいキックが俺の尻をかすめた。

「うおお、危ねぇ」

「ちっ、外したか」

「外したか、じゃね――おわっ」

今度は未夜が飛びついてくる。

「あははは」

いつの間にか、エアドーム内でクソガキたちとの追いかけっこが始まっていた。

＊

「勇にぃ、トイレ行きたい」

「あっ、私も」

未夜と朝華が尿意を訴えたので境内の東にあるトイレに向かった。入口横で眞昼と待つ。

「眞昼はトイレいいのか？」

「まだ大丈夫」

その時だった。

「あれ？　有月じゃん」

「あん？　げっ」

「よう」

「一人ぃ？」

「本当だ、有月だ」

見ると、クラスメイトの集団がいた。

「勇にぃの友達か？」

眞昼が俺を見上げる。

「勇にぃ!?　あっはっは、有月、お前、そんなふうに呼ばれてんのか」

「ていうか、妹いたのか」

「かわいー」

「何歳でちゅかー？」

まずった。こんな姿をクラスの連中に見られるとは。知らない大人が怖いのか、眞昼は俺の後ろに隠れる。

「妹じゃねぇ、知り合いの子供だ」

「今日は用事があるから無理って言ってたけど、なるほど、子守だったのか」

「大変だねー」

「勇にぃって、そんなキャラじゃねーだろ」

「せっかくのお祭りがガキ連れとはかわいそうに」

「うるせぇ、さっさと行きやがれ」

「じゃー、また学校でな」

「おう。ったく」

休みの日に学校のやつらと会うのはなんだか調子が狂うから好きじゃない。

眞昼が俺の袖を引っ張る。

「どうした？」

「勇にぃ、もしかして友達とお祭り行きたかった？」

眞昼のものとは思えないほどか細い声でそう言った。

「あ？」

いきなり何を言い出すんだこいつは。

眞昼は俯《うつむ》いて、

「あたしたちと一緒じゃ、迷惑だった？」

「はぁ、馬鹿」

　俺はしゃがんで眞昼に目線を合わせる。

「たしかにあいつらに誘われたけどな、あいつらと祭りに行くより、お前らと行きたいからわざわざ断ったんだよ」

「そう……なの？」

「当たり前だろ」

「ほんと？」

「じゃあ聞くけど、俺は今、誰と祭りにいるんだ？」

　眞昼は顔を上げる。

「……へへ、あたしたちだ」

「だろ？」

　眞昼の頭を撫《な》でると、いつもの笑顔が戻ってきた。

　未夜と朝華がトイレから出てくる。

「さーて、あと休憩は三十分しかねぇ。ちゃちゃちゃっと回るぞ」

「うん」

「おう」

「はい」

クソガキがお好き？

1

「それでね、うちの子が初めて女の子連れてきたんだけど、これがまたぱっと目が覚めるような美人で」

「あらそう」とさやかは頷《うなず》きを返す。

「そういう年頃なのかねぇ、『母ちゃんはリビングから出てこないで』なんて言って、お茶とかお菓子とかも自分でこそこそ部屋に持ってくのよ。いつもは何から何まであたしに運ばせるくせにねぇ」

「可愛いわねぇ」

「恥ずかしがるなら連れてこなければいいのにもう全く」

常連客の奥さんがアイスコーヒーの氷をからから回しながら続ける。

「でもせっかく息子が彼女を連れてきたんだし、ちゃんと挨拶くらいはしたいじゃない？で、部屋に行ってみたら、キスする直前で」

「あらま、中学生なのに早いこと」

「ちょっと前までエロ本をこそこそ隠れて読んでたと思ったら、あっという間にそこまで行くなんて、成長は早いのねぇ。それで、もう唇と唇があと一ミリ――ミリくらいの距離だったのよ。もう私びっくりしちゃって」

「もうそこまで進んでるの!?」

「この若さでおばあちゃんになっちゃったらどうしましょう。うふふふふ」

「あっはっは、やだもう」

「それはそうと、勇くんはそういうお相手はいないの？」

「勇？　あの子はさっぱりよ。彼女なんてできたことないと思うわ」

「そう？　けっこう可愛い顔してるのに」

「そうかしら」

「今時珍しいわねぇ。高校三年でしょう？」

「……たしかに」

　さやかは思う。

　たしかに珍しい、というか変かもしれない。

　年頃の高校生が彼女の一人もできないなんて、そんなことあるだろうか。早い子は中学生の時分から交際相手がいる時代だというのに。

　親のひいき目抜きにしても、勇の容姿は平均以上ではあると思うし、学校での人間関係も良好だろう。根暗な性格でもなければ、女の子と会話をすることに慣れていないわけでもない。店の手伝いをする際は若い女性客とも普通にコミュニケーションが取れている。

それなのに彼女の一人もできたことがない……

「どうかした？」

「あ、いや……なんでもないわ」

「でも同級生でよかったわぁ。これが小学生の彼女なんて連れてこられたら家族会議待ったなしだもの」

「あはは、そうね」

さやかの脳裏に不穏な想像がよぎった。

もしかすると、息子はロリコンなのではないだろうか。

思春期なのに女っけがなく、彼女を作らないなんてもうそうだとしか考えられないではないか。

さやかは天井を見上げる。

今日も未夜、眞昼、朝華の三人が遊びに来ていた。よくよく考えてみれば、あの三人といる時の勇は心から楽しそうにしている。勇は一人っ子だから、妹のような存在を可愛《かわい》がっているだけなのだろう、と思っていた。

今までは。

勇がロリコンかもしれない、という認識で過去を振り返ってみれば、色々と納得する場面がある。

子供たちの方からスキンシップを取っているけれど、本人はそれを嫌がることはない。特に朝華なんかはしょっちゅう抱き着いたりしている。

子供たちをプールに連れていくことを了承したのは、女児の水着姿を見たかったからで、運動会に顔を出したのは体操服姿を見たかったから？

夏休みには子供相手に犬の首輪と犬耳を付けて、見方を変えれば変態プレイのようなことをしていたし……

「はっ！」

そういえば、台風の夜に源道寺《げんどうじ》家にお泊りをしたことがあったけど、もしかしてあれは小学校一年女児と同じ夜を過ごすために自分で携帯を置き忘れて取りに行ったマッチポンプ……？

この前の秋祭りも友達じゃなく子供たちと一緒に回っていたみたいだし……

「どうかした？」

「あ、いやなんでもないわ」

これは、たしかめなくてはいけない。

休憩時間になったので、さやかは二階に上がった。勇の部屋から、きゃっきゃと声が聞こえてくる。

ベランダに出て勇《ゆう》の部屋の窓に忍び寄る。

そっと中の様子を窺《うかが》うと、勇は子供たちとテレビを見ていた。勇はあぐらをかいており、その上に眞昼《まひる》が座っている。そしてその横を挟む形で未夜《みや》と朝華《あさか》が。

普通の大人だったらあんなふうに過度に子供にべたべたされると鬱陶しく感じるだろうけど、きっとロリコンだったら至福の状態である。

勇の様子を観察する。

「う……」

終始笑顔だ。よく見ると、勇の手は眞昼のお腹《なか》の辺りで組まれている。あれはこっそりと女児の下腹部を触ろうとしている……？

やっぱり……そうなの？

自分の息子がどんな性癖でも愛せるけれど、子供に手を出したらそれは犯罪だ。

「……いや」

まだ判断をするには早い。決定的な証拠がまだないのだ。

「そろそろ外で遊ぼうぜ」

眞昼が立ち上がり、ぐっと体を伸ばした。勇の目の位置に、眞昼のお尻があることになる。

「勇にぃ、行きましょう」

朝華が勇の手を取る。

「おう、待て待て」

「ちょっとトイレ行ってくるから」

トイレ？

「はっ！」

まさか、今の女児のぬくもりを忘れないまま……

よからぬ想像が浮かんだが、それは杞憂《きゆう》に終わった。勇はものの十数秒でトイレから出てきたからだ。

さやかはほっと息をつく。

「よしよし、行ったわね」

四人が外に出るのをベランダから確認すると、さやかは勇の部屋に入った。

「さて」

さやかはまずベッドの下の収納ケースを引っ張り出した。

その時、ベッドと壁との境目から何かが落ちる音がした。元々その隙間に何かが挟まっていて、今ケースを引っ張り出したことで落ちてしまったのだろう。

「何かしら」

確認してみると、それは小学校低学年の女児向けの雑誌だった。

「あの子、こんなものを」

女児が好きすぎるあまり、その手の雑誌まで愛読するようになってしまったのか。

「ん？　なんだ、未夜ちゃんのか」

よく見ると、裏表紙にマジックで『はるやまみや』と書いてあった。おそらく未夜が持ち込んでベッドで読んだのだろう。そして騒いだ拍子に壁とベッドの隙間に落ちてしまったとか、そんなところか。

「あー、びっくりした」

さて、仕切り直して本命のケースに取りかかろう。

中には冬物の服が入っている。それをかき分け……

「あ、やっぱりここだ」

ビンゴ。

前に部屋に入った時、なぜかこのケースがちょっと外にはみ出ていたのだ。冬物はまだ出さないはずなのに。そしてその時、勇は慌てていたようにも見えた。

ごてごてとした出会い系の広告が一面を埋めるエロ本の裏表紙が姿を現す。男の子なのだから、こういうものは絶対に隠し持っているはず。問題はその内容だ。

もし、それがロリコン向けだったら……

さやかは震える手でエロ本一式を取り出した。

大丈夫。

息子を信じてる……

そしてエロ本を表に向けた。

2

「はぁ、ただいま」

「おかえりー」

母がキッチンから声を投げる。

今日も今日とて疲れたぜ。

未夜のやつ、目を離した隙にブロック塀を登って降りられなくなりやがって、猫かあいつは。

「あっ、勇。そろそろ寒くなってくるから、冬物出しときなさいよ」

「ん、ああ」

「あんたがやんないならあたしがやっちゃうわよ」

「自分でやるから」

俺は素早く部屋に戻り、冬物の服が入ったケースを引っ張り出す。

この中には俺の秘蔵のエロ本コレクションが封印されているので、自分でやらなくては。

それに加え、別の保管場所に移す作業も同時進行しなくてはいけないのだ。

「ん？　あれ？　表にしたっけ？」

前に観《み》た時、表紙を上にしてしまっただろうか。よく憶《おぼ》えていないが、まあいいか。

俺はエロ本を取り出す。

ふっふっふ、厳選に厳選を重ね、少ない小遣いで手に入れた珠玉の品々だ。

『爆乳天国』

『巨乳美少女　制服スペシャル』

『獰猛《どうもう》な乳　ＤＶＤ付き』

『乳を訪ねて三千里』

さて、どこにしまおうかな。

クソガキたちの目につかない場所が最優先事項だ。クローゼットの奥の棚の裏にでもしまおうか。

＊

つまるところ、ただの子供好きってとこかしら。

さやかは遠い目をする。息子はロリコンではなかったけれど、おっぱい星人だった。

「まあそっちの方が男の子としては健全だけれど」

えっちな本に出てくるような巨乳なんてそうそう現実にはいないのよ、と夢見る息子に教えてあげたい。

胸に対する理想が高すぎて彼女ができないのだろうな、とさやかは結論付けた。

第二章　牽制球

1

「富士山を眺めながら焼きそばをみんなで焼いてさぁ」

おねぇはしゃかしゃかと焼きそばをヘラで炒《いた》めるジェスチャーをする。

「ふーん」

「星空の下で飲むコーヒーの美味《おい》しかったこと」

うっとりした表情で今度はエアコーヒーを飲む。

「あっそ」

「ふふん、それでぇ、最後はバーベキューをしたんだぁ」

腰に手を当て、おねぇは胸を反らす。

「よかったね」

「あー、楽しかったぁ」

おねぇはクッションを抱きしめながら、嬉《うれ》しそうな顔をする。夕方頃にキャンプから帰ってきたおねぇは、人生初のキャンプがよほど楽しかったのか、自慢話ばかりしてくる。

晩御飯を食べている時も、一緒にお風呂に入っている時も、テレビを見ている時もマウントを取ってくる。暑いのも寒いのも苦手なインドア派のくせして。

はっきり言ってめっちゃうざい。

「あー、楽しかったぁ。え？　どれくらい楽しかったのか聞きたい？　しょうがないなぁ。まずテントを張って、これがまた大変で――」

「くっ……」

私はソファーから立ち上がり、キッチンで洗い物をしているママのところへ向かった。

「ねぇ、ママ、私もキャンプ行きたい」

「キャンプ？　うーん、キャンプねぇ」

「富士山を見ながらバーベキューしたい」

「富士山なら毎日飽きるほど見てるでしょう」

「そういうことじゃないの！　どこか行きたいー」

「こないだ富士急ハイランド行ったばかりじゃない」

「ぐぬぬ」

私は二階に上がり、パパの部屋に飛び込む。

「パパ、バーベキューしたい」

「いきなりなんだ」

「私も富士山を眺めながらバーベキューして星空コーヒー飲みたい！」

「未夜《みや》に影響されたな？　じゃあ、ちょっと夜のドライブでも行くか？」

「それはやだ」

「え？」

パパの車はどれもうるさいし揺れるしで乗り心地最悪だもん。

「そういうんじゃなくてぇ。どこかに遊びに行きたいの」

「富士急行ったばかりだろ」

「うっ」

「まっ、お盆休みになったらディ〇ニーシーでも行くか」

「……うーん」

そういうんじゃないんだよなぁ。もっとこう、ワイルドなことをしたいというか、自然を満喫したいというか。まあ、ディ〇ニーに行けるなら、それはそれでいいか。

リビングに戻ると、おねぇがテレビを見ながらにやにやしていた。

普段は見ないようなアウトドア特集の番組で、キャンプ場でロケをしている映像が流れている。

「そうそう、こういう感じで満天の星の下で、うっすら富士山が黒く見えて。朝起きるとさわやかな日射《ひざ》しが目に沁《し》みて……はぁ」

おねぇはこっちをちらっと見ると、

「まっ、こればっかりは体験したことがないと分からないだろうなぁ」

「星空なんてここからでも普通に見れるし」

私は窓を開ける。綺麗《きれい》な夜空が広がっている。

「あーダメダメ。街中から見たってねぇ、人工的な光に邪魔されちゃうから本当の夜空の美しさは分からないものなのだよ。はぁ、これだから現代っ子は」

……うざっ。

翌朝。ラジオ体操が終わり、私たちは公園でだべる。

「それでさぁ、おねぇがずっとキャンプの自慢ばっかりしてきて」

「美味しそうだね、キャンプ」

芽衣《めい》はお腹《なか》に手を当てる。

「何言ってんの芽衣」

「勇《ゆう》さんが付き添いだったんだっけ」

龍姫《たつき》がバスケットボールを地面につきながら言う。

「そうそう。やっぱさぁ、夏だからこそのイベントが欲しいよねぇ」

「あー、分かる。私もアウトドアっぽいことしたい」

龍姫はその場でレッグスルーを始めた。砂埃《すなぼこり》を巻き上げながら、龍姫の細い脚の間をボールが舞う。

「この前さー、あそこの世界遺産センターに行ったんだけどさ、本物の富士山登ってみたくなっちゃったもん」

「あー、富士登山もいいねぇ。私、富士山登ったことないや」

私はちらっと北の方を見やる。

堂々とそびえる富士山。

学校に行く時、遊びに行く時、ふと窓を覗《のぞ》く時、いつも視界に入っていたあの日本一の山だが、登ったことは一度もない。

そうだ！

富士山の頂上まで登ったとなれば、おねぇに勝てる。

「今度みんなで行ってみる？　クライミングマウントフジ！」

「いいね。パパとママに頼んでみよう」

「お土産持ってきてねぇ」

「芽衣、あんたも行くのよ」

「えぇ、私、富士山なんか登ったことないよぉ。あんなおっきいの無理だもん」

「何言ってんの。私だってないんだから。いい、人生は挑戦の連続なのよ」

「でも遭難して死んじゃうかもしれないよ？」

「大丈夫、うちのママてっぺんまで登ったことあるって言ってたから」

龍姫が親指を立てる。

「ふえぇ。私にできるかな」

「できるって」

「あっ、来たよ」

芽衣が公園の入口を指さす。

「遅い、勇さん」

「遅れてごめん。今日はちょっと仕込みが長くなって」

「それはいいとして、おねぇたちとキャンプ行ったんでしょ？」

「ああ、一昨日と昨日の二日間ね」

「ふーん、楽しかった？」

「いやそりゃ楽しかったけど……え？　な、何？」

「いや別に。やろっか」

私たちはバスケを始めた。

「あっ、そうだ」

勇さんはドリブルをしながら言った。

「何？」

「明日から少しの間、朝バスケに来られないかもしれないんだ」

「なんで」

私をさっと抜き、レイアップを決める。

「いやさ、お盆休みなんで親戚の家に集まることになってね。お店も休みになるから」

「ふーん、分かった。じゃあ今日はがっつり付き合ってもらおうかな」

私はボールを拾い、地面についた。

*

家に帰り、龍姫は光《ひかり》の手に絡みつく。

「ねぇママ、富士山登りたい」

「いきなりどうしたの？　今お湯沸かしてるから危ないよ」

龍姫はしぶしぶ光から離れる。

「この前、世界遺産センター行ったじゃん？　なんか本物に登ってみたくなっちゃった」

富士山世界遺産センター内には富士登山を疑似体験できるスロープ型の設備がある。が、それはあくまで疑似体験レベルであり、本物には遠く及ばない。

「富士山ねぇ」

「ママさ、昔は山頂まで登ったことあるって言ってたじゃん。未空《みそら》と芽衣も一緒に行きたいって言ってたし、連れてってよ」

「ママ、あの頃は若かったから……」

「まだ二十代でしょ？」

「うーん」

まだではなく、もう二十代である。アラサーである。おばさんに片足を突っ込んでいるのである。

「……んー、春山《はるやま》さんや河原崎《かわらさき》さんたちとも相談しないと」

「夏休みなんだし普段できないことしたいのー」

「うーん」

「いいでしょー、ねぇねぇ」

「うーん」

「ねぇってば」

「うーん」

煮え切らない返事をしながら光は昼食の素麺《そうめん》を茹《ゆ》で始めた。

「ん？　龍姫、アイス食べたの？」

ゴミ箱にアイスの包みが捨ててあったのだ。

「お昼ご飯前なのに！」

「あー、それ勇さんがバスケの帰りに買ってくれたー」

「有月《ありつき》くんが？　ちゃんとありがとう言った？」

「言ったー」

あとでお礼の電話をしておかないとな、と思ったところでタイマーが鳴った。

2

なだらかに延びる国道139号線をまっすぐ進む。青々とした木々が道の左右に連なり、強い日射しが満遍なく降り注いでいる。空は濃い青で、富士山の中腹に平たい雲がかかっていた。

前を走る父のスープラは大型猛獣の雄叫《おたけ》びのような排気音を響かせている。久々に車を走らせることができて嬉《うれ》しいのだろう。

店が連日大忙しなのと、富士山スカイラインがマイカー規制期間に入ってしまっているため、なかなか車を走らせる機会がないらしい。

お盆休みに入り、〈ムーンナイトテラス〉も数日間の休業となった。

会社勤めをしていた頃は長期連休という概念などなく、むしろ世間が休みに入る時期

——GWやお盆など——は繁忙期になるため、毎年この時期は早朝から深夜まで汗染みを作って働いていたっけ。

あの頃の壮絶な日々を思い返すにつけ、今の安穏とした日常が嘘《うそ》のように思える。まるでそう、夢を見ているかのような……

正午の時報が街に響き渡る。富士山世界遺産の街ということで、何年か前に普通のチャイム音から『ふじの山』という童謡のメロディに変更されたそうだ。

帰郷して数か月経《た》つが、いまいち慣れない。朝華《あさか》の感じる変化への恐怖がちょっぴり分かる気がする。

それから十数分ほど走り続け、俺たちは外神《とがみ》家に到着した。

父のスープラの横にシビックを停《と》める。見慣れない車が数台停まっているところを見るに、すでにほかの親戚たちもちらほら集まっているようだ。

なんだか、気まずい。

ほとんどの親戚とはもう十年以上も会っていないのだから。思えば、最後にこの家に親族たちが集まったのは高校三年生の正月だったか。

「ほら勇、行くわよ。何をぼーっとしてるの」

「お、おう」

母に促され、重い足を引きずるように俺は屋敷の中に入る。

「おっじゃまっしまーす」と母がよく通る声で言う。

「いらっしゃい」

母は相変わらず実家ではテンションが高いな。祖母に出迎えられ、大広間に案内される。すでに何人かの親戚たちが集まっており、祖父を筆頭に真っ昼間から酒をかっくらっていた。

「おっ、勇じゃねぇか」

「あっ、どうも」

「あらぁ、勇ちゃんじゃない」

「ご無沙汰してます」

「何年ぶりだおい。ここ座れ」

「いいオトコになってぇ」

「あはは」

案の定、俺は親戚たちの注目を集めてしまう。十年間一度も顔を見せていないのだから、絡まれるのは当然と言えば当然だが。

座敷には夕陽《ゆうひ》の姿もあった。

長い金色の髪をポニーテールにし、黒いノースリーブのブラウスと白いハーフパンツを合わせていた。

彼女は俺の横に来てぼそっと一言。

「なんだ、変態も来たの」

「ちょっ、夕陽ちゃん」

いきなり何を言い出すんだ。まさか着替えを覗いたことをまだ怒っているのだろうか。

氷入りのオレンジジュースを飲みながら、夕陽はじとっと俺を見る。

「また夕陽にセクハラしたら、今度こそ許さないんだからね」

そう言って元居た座敷に戻る。

「だからあれは誤解なんだって……」

そう弁解をしようとしたら、横から手を引っ張られた。

「おい、勇《ゆう》」

赤い顔をした大叔父だ。彼に引っ張られ、俺も座敷に腰を下ろす。

「ほら、まずは駆け付け三杯だ」

そう言って、大叔父が缶ビール三本を俺の前に置いた。いや、無理だろ。

「いや、こんなん無理だって」

「いらないならあたしが貰《もら》うわよ」

母が横からそれらをかっさらい、立て続けに空き缶を量産する。

「くはーっ、暑い日はやっぱビールよね！」

「よっ、外神の酒姫」

「いい飲みっぷりだ」

「マジかよ」

あんな真似《まね》は到底できない。俺は缶ビールをちびちびやり始める。

話題は必然的に俺の空白の十年に向けられた。帰省しなかった理由や東京でのブラックな日々を神妙に語るも、アルコールの入った連中には酒のつまみとして変換されるらしい。

「それでさ、忙しい日には同じ日の始発と終電に乗ったり……」

「あっはっは」

「通勤時間を少しでも減らそうと思って会社のすぐ近くのアパートに引っ越したら上司の荷物置き場にされたり……」

「あっはっは」

俺の十八番であるドン引きブラックジョークも、彼らには通じない。

「お邪魔しまーす、あっ！　勇くん」

「あっ、お久しぶりです」

時間が経つにつれて親戚たちが到着し、酒宴の参加者はどんどん増えていく。

そして親族が増えるたびに俺は十年帰れなかった理由を一から説明し直さなくてはいけないのが少し面倒くさい。

「もうちょっと早く帰ってくればよかったのに」

「いやぁ、もう少し頑張ろう、もう少し頑張ろうが積み重なっちゃって」

中には俺の知らない人——従兄弟《いとこ》の伴侶など——もいて、十年という月日がもたらす人間関係の変化を実感させられる。特に、東京にいる間に生まれた子供などは俺のことを知るはずもなく……。

「おっちゃん、誰？」

「侵入者か？」

「あれだ、夕ねぇの彼氏じゃない？」

「それにしてはおっさんすぎっしょ」

この幼稚園の年長から小学校低学年くらいの子たちは従兄弟たちの子供のようだ。もうみんな子供がいるんだなぁ。

「俺は有月勇だよ」

自己紹介をしてみても、子供たちにとっては初対面だし、しかもおっさんだ。すぐに俺から興味を失って、子供たちだけで別の部屋に行ってしまった。

夕方頃、最後の一組がやってきた。外神謙二郎《けんじろう》とその妻アリシア、夕陽の両親だ。

「いやぁ参った参った。秋田を朝一で出たのにもう夕方だよ」

謙二郎さんは疲労の溜《た》まった顔で言った。昔と比べると髪が薄くなり、腹も出ている。

「やっぱり新幹線で来ればよかったわね」

アリシアさんが重い息をつく。娘と同じ金色の長い髪に、娘とは対照的に凹凸の顕著なボディ。こちらは十年経っていっそう魅力が増したように思える。

「あれ？ やぁやぁやぁ、勇くんじゃないか？」

「久しぶり、十年ぶりかしら」

「ははっ、どうも」

本日何度目かも分からない対応に、俺はすっかり慣れ切っていた。流れ作業のように十年帰省できなかった理由と今年の三月に帰ってきた旨を説明する。

「おらぁ、最後の二人は駆け付け五杯だ！」

母が酒気の混じった声を上げ、謙二郎さんとアリシアさんに絡んでいく。全員揃《そろ》ったところで、夕食となった。ずらりと卓上に豪勢な食事が並ぶ。

「ほら、あなた起きなさい」

「う、うぅん」

母が酔い潰れた父を起こす。

俺は早々にお茶に切り替えたのですっかり酔いも醒《さ》めている。寿司《すし》をつまみながら温かい緑茶を飲む。

「そういやさ、なんで夕陽ちゃんは静岡の高校に通ってるんだ？」

隣に座っていた祖母に聞く。

以前訪れた時、気にはなっていたが聞きそびれてしまっていた。両親の方は秋田県在住なので、謙二郎さんが転勤で富士宮に帰ってきたというわけではないようだ。

遠く離れた県外の学校に進学するのなら、進学校やスポーツ推薦という安直な理由が浮かぶけれど、あいにく北高は普通の公立高校。わざわざ秋田から出てくる理由は見つからない。

祖母は困った顔をして、

「さぁねぇ、私らにもよく分からないけど、夕陽がどうしても宮北に通いたいって言ってごねたらしいよ。ほら、あの子、昔から自分のやりたいことは絶対に押し通す子だったら？」

「まあ」

言われてみれば、小さかった夕陽のわがままを何度も聞いてやったっけ。しかし、どうしてそんなに北高にこだわったのだろうか。

女の子特有の〝制服が可愛《かわい》かった理論〟か？

いや、別に北高の制服は特別可愛いわけではないし……

うーむ、謎だ。

当の本人は子供たちに交じって食事をしている。

「夕ねぇ、醤油《しょうゆ》取ってぇ」

「はい。あっ、そっちのはワサビ入りだよ」

「ぎゃあああああ」

「言わんこっちゃない」

子供たちの面倒をしっかり見ているな。あのマイペースな幼女が今ではしっかりお姉さんをしているなんて、目頭が熱くなるぜ。

「おーい、勇、夕陽、ちょっと来なさい」

祖父に呼ばれ、俺たちはそれぞれ席を立つ。

「ほれほれ並んで座れ。従兄妹《いとこ》同士なんだから」

夕陽と並んで座る。金色に輝く髪からふわりと甘い香りが漂ってきた。

「この組み合わせ、懐かしいだろう」

大叔父が言う。

「悪いけど夕陽、このおっさんのことは憶《おぼ》えてないから」

「昔はべったりくっついて遊んでもらってたのよ」

お酒で頬を赤くしたアリシアさんが笑いながら言う。

「だーから、夕陽は——」

「そうそう、そういえばな、夕陽が勇に気づかなくて110番したらしいんだ」

祖父が突然声を張り上げる。

「っ!?」

「っ!?」

俺と夕陽は揃ってびくんと体を震わせた。

「何それ」

「どういうこと?」

「警察?」

親族たちは一様に好奇心を刺激されたようだ。

例の誤解事案。あれは夕陽にとっても俺にとっても苦い思い出なのであまり掘り返さないでほしいのだが。

「なんでも勇のことを不審者と間違えてな、実際に警察が、おい、婆《ばあ》さん」

「はーい」

祖父の要請を受け、その場にいた祖母が詳細を語る。

「何よそれ」

「あっはっはっは」

「本当? 夕陽」

「し、しかたないでしょ。このおっさんがいきなり夕陽の部屋に入ってきたんだから

「──」

「い、いや、俺もまさか夕陽《ゆうひ》ちゃんがここに住んでるなんて知らなくて──」

俺たちは互いに己の正当性を主張したが、酔っ払いどもは聞いているのかいないのか。

「若いねぇ」

「喧嘩《けんか》するほど仲がいいって言うしねぇ」

「いくら可愛いからって夕陽ちゃんに手を出しちゃいかんぞ」

「出すわけねぇだろ」

「夕陽だって無理だし」

「またまたぁ」

「お似合いだぞ」

「従兄妹同士は結婚できるんだぜ?」

その後、別の話題に移るまで、俺と夕陽はいじられ続けた。

＊

「全く」

うちの家系はなんでこんなに酒癖の悪い大人ばっかりなのだろうか。

「夕陽ちゃん、改めて、その……悪かったね」

おっさんがしおらしく謝る。

「ふん、別にいいわ。夕陽は優しいから過ぎたことは気にしないの」

本当はちょっと気にしてるけど、おっさんにも情状酌量の余地はあるから、ここは夕陽が引いてあげるとするか。夕陽はなんて優しいんだろう。

「それはありがたい」

「……というか、これで勘違いしないでよね」

「は？」

「夕陽のこと、そういう目で見ないでよね」

夕陽の可愛さは自他ともに認めるレベルだ。本来だったら、さえないおっさんが関わることなんてできないんだから。いくら親戚という接点があるからって、可能性を感じられては困る。

おっさんはなぜか一瞬だけ目線を下げ、

「大丈夫」と親指を立てた。

わきまえてるならよし。

「ふーん。じゃあ夕陽、お風呂入ってくるから」

入浴は早めに済ませておかないと、大勢の親戚たちと順番争いになっちゃう。

スマホを持ち、浴室へ向かう。

今日はどっと疲れた。

パパやママに会えるのは嬉《うれ》しいけど、酔っ払いの相手は本当に大変なんだから。半分だけ残した湯船の蓋に、ジップロックに入れたスマホを置く。

髪と体を洗い、右足から湯船に浸《つ》かる。

「ふう」

全く、言うに事欠いて結婚？

あり得ないんだから。

あのおっさんと結婚だなんて冗談じゃない。

スマホを手に取り、待ち受けの画像をぼんやりと見つめる。

心が自然と温まってくる。

黒髪ショートカットの美少女と茶髪の美少女が手を繋《つな》いでいる写真だ。

「はぁ……まひみや尊い」

初めて彼女たちを目にしたのは、中学三年の夏休みだった。あれは祖父母の家に帰省し、親戚が営む喫茶店に遊びに行った時のこと。

壁際の席で漫画を読みながらうとうとしていた夕陽は呼び鈴の音に反応し、反射的に入口に目を向けた。

その瞬間、後頭部をトンカチで殴られたような鋭い衝撃が走り、夕陽は一気に眠気が吹き飛んだ。いや別に痛いっていうことじゃなくて、衝撃の度合いの話なんだから。

「……」

そこには二人の美少女がいたのだ。

「おばさん、コーラね」

「私はアイスコーヒーで」

「はいはーい」

一人は背の高い黒髪ボーイッシュ美少女で、すごく胸が大きかった。もう一人は清楚《せいそ》な感じの茶髪の美少女で、こちらも胸が大きい。

二人は手を繋ぎながらカウンター席に向かっていく。

芸能人？　それともモデル？

二人の放つオーラは圧倒的で、夕陽はあっという間に心を奪われてしまった。その可愛さもさることながら、二人の親密な様子に夕陽は胸の高鳴りを抑えきれない。

二人は付き合っているのかな。ただの友達っていうには、ちょっと距離感が近い気がする。

店に入ってきた時も手を繋いでいたし、さっき飲み物をシェアしてもいたし……

百合《ゆり》センサーにビビっときた。

あの二人の表情は、ただの友達という関係ではない。より親密で、強い絆《きずな》で結ばれていると推測する。

これはもしかすると、もしかするかもしれない。

「眞昼《まひる》、明日部活だっけ？」

「そうそう。でも午前だけだから――」

ここの常連だろうか。

有月《ありつき》の伯父さん伯母さんとも仲がよさそうだ。二人が帰ったあとで、夕陽は伯母さんに聞いてみた。

「あの二人？　未夜《みや》ちゃんと眞昼ちゃんよ。うちに昔から通ってくれてるの」

「高校生なの？」

「そう。北高よ。上の方にある、大きな学校」

「何年生？」

「二人とも一年生よ」

夕陽の一個上か。

ということは、来年夕陽が入学してもまだ在籍している……

「ふーん。あの二人って彼氏とかいるの？」

夕陽は何気ないふうを装い、聞いてみる。

「彼氏？　いや、いないと思うけど……え？　なんでそんなこと聞くの？」

「いや、あの、別に」

「……？」

あれだけの美貌を持つ現役女子高生に男がいないはずがない。それこそ、エサに群がる蟻《あり》のように男が集まってくるはず。それなのに彼氏を作らないということは……

「夕陽ちゃんも来年は高校生でしょ？」

「うん」

「行きたいところは決まってるの？」

「……うん、今決まった」

「へ？」

正直、地元の高校に進学するつもりはなかった。優しさが、辛《つら》いだけだから……

「……」

それに、高校なんてどこに行ったって一緒でしょ。別に地元の高校に通わないといけない決まりなんてない。

こうして、私は志望校を決めた。

＊

「うぅ、頭痛い」

「おえ……おえ」

「み、水ぅ」

午前七時。

台所周辺を二日酔いの親戚たちがゾンビのように徘徊《はいかい》している。昨夜は深夜まで宴会が続いていたからな。

懐かしい光景だ。

そんな中で、母は一人だけしゃっきりしており、みんなの介抱をしながら祖母と朝食を作っていた。

俺は庭を散歩しながら起き抜けの体を目覚めさせる。俺も酒に強くはないが、昨晩の宴会では早々に酒を切り上げたので、全くアルコールは残っていない。

やはり酒は適量をたしなむのが一番だ。

「うーん」

いい天気だ。朝食の前にドライブにでも行ってこようかな。駐車場の方へ向かうと、玄関から夕陽が出てきた。

黒いTシャツにデニムの短パン。頭には黒いキャップを被《かぶ》っており、活動的な服装だ。

「やあ、夕陽ちゃん、おはよう」

「なんだ、勇《ゆう》か。おはよう」

夕陽はナチュラルに俺を呼び捨てにした。昔もそうだったから気にはならないが。

「どこか出かけるの？」

「ん、ちょっとコンビニにね」

そう言って脇に停《と》めてあったママチャリにまたがる。こんなだだっぴろい高原ではコンビニに行くにしても「ちょっと」という距離ではないだろう。ちょうどドライブに行こうと思っていたところだ。

「へぇ、じゃあ送ってってあげるよ」

「いいよ、悪いから」

「いいからいいから。遠いだろ？」

「うーん」

夕陽は少し悩んだ顔を見せたが、すぐに自転車のスタンドを立てた。

「夕陽は車酔いしやすいから、安全運転でお願いね」

「おっけー」

助手席に夕陽を乗せ、シビックを走らせた。

＊

そういえば、勇って有月家――すなわち、〈ムーンナイトテラス〉の人間なんだよね。

ってことは、未夜先輩や眞昼先輩はあの店の常連だから、当然、店員として二人の対応をすることもあるわけで……。

はっ！

二人の可愛《かわい》さによからぬ感情を抱いて、店員と客以上の関係になろうとするかもしれない。男ってのは女子高生が好きで好きでたまらないやつばっかりなんだから。

あんな可愛い女子高生と接する機会があれば、誰だってお近づきになろうとするに決まってる。

夕陽《ゆうひ》が北高に入学してからも、あの二人が彼氏を作ることはなかった。というより、意図的に男を避けているようにも見えた。

やっぱりあの二人はそういう関係なんだと思う。

あの二人に近づく男は許さないんだから。

勇が変な気を起こす前に釘《くぎ》を刺しておかないと。

＊

夕陽がじろりとこちらを見る。

「勇さぁ」

「ん？」

「彼女いるの？」

「い、いや、いないけど」

「やっぱり」

やっぱりとはなんだ！

「分かってると思うけどさぁ、勇ってもうアラサーなわけでしょ？」

「まあ」

「おっさんが女子高生に手を出すのって犯罪なんだからね」

「は？」

いきなり何を言うんだ。

もしかして今の状況が下心丸出しだと思われたのか？

親戚であることを理由に若い女に近づくスケベ親父《おやじ》みたいに思われたのだろうか。先日の覗《のぞ》き事件（誤解）のこともあるし、俺にその気はなくとも夕陽はそう感じたのかもしれない。

「いや、その、別に夕陽ちゃん、そういうわけでは——」

「別に夕陽に限った話じゃないよ。例えば、お店のお客さんとかでも女子高生来るでしょ？」

「あー。まあ、来るには来るけど」

未夜たちを筆頭に〈ムーンナイトテラス〉には学校帰りの高校生のお客も多い。

「そういう子たちに手を出したら、それこそ本当に警察のお世話になっちゃうんだからね。気を付けないと」

「ああ、うん」

俺みたいなおっさんを女子高生が恋愛対象にするとも思えないが、言っていることは正しい。しかしながら、お客としてやってきた女子高生をナンパする勇気は俺にはないので、たぶん大丈夫だと思うが。

やがてコンビニに到着した。俺は缶コーヒーを買い、先に車に戻った。

「ふう」

先ほど夕陽に言われたことがなぜか頭から離れない。

女子高生に手を出すのは犯罪、か。

そんなこと、俺だって分かってるさ。

飲みなれたコーヒーが、やけに苦く感じた。

3

「ん～、美味《おい》しい！」

しゅわっと、炭酸の刺激が喉で弾《はじ》ける。ブルーハワイのシロップで割ったサイダーにシャーベット状の氷を注ぎ、縁には薄切りのレモンが添えてある。涼しげでトロピカルなドリンクだ。

「今日も暑いねー」

朝華《あさか》はハンカチで首元の汗を拭って、

「そうだね。三十度は余裕で超えてるよ」

午前十一時。

私と朝華は源道寺《げんどうじ》家の展望テラスにいた。勇にぃは親戚の家の集まりに顔を出しており、眞昼も熊本の親戚の家――お母さんの実家だそうだ――に明日まで里帰りしているという。

みーんみーんと蟬《せみ》の大合唱。グラスについた水滴が日射《ひざ》しに煌《きら》めき、そよぐ風には夏の活気が溢《あふ》れていた。

改めて高台から街を見下ろしてみると、この辺りは山に囲まれているなぁ、と感じる。

北にそびえるのは日本一の山。東には愛鷹《あしたか》山があり、西に連なるのは毛無《けなし》山。ここからだとよく見えないが、南には岩本山。その先は駿河《するが》湾《わん》だ。

私はストローを咥《くわ》えてちゅっと吸った。すっきりした甘さが口内に広がる。

「ふう。なんか今年の夏って長い気がするねー」

「そう？」

「なんか体感で半年くらい夏やってる気がする」

「未夜《みや》ちゃん、そんな大げさな」

朝華は苦笑する。

「まだ半分くらいでしょ？」

「そうだけど。梅雨明けが早かったからかなー？」

そりゃ半年はたしかに大げさだけど、なんというか、平年よりもだいぶ密度が濃いような気がするのだ。いつもの夏は、だいたい眞昼《まひる》と朝華と一緒に遊ぶか、一日中読書をするかで終わっていた。

「それはきっと、勇にぃがいるからじゃない？」

「あっ、そうかも」

勇にぃがいる。それだけでたしかに、何気ない日常が華やかに感じられる。インドア派の私でも外出する機会が増えたのは、きっと勇にぃが色んなところに連れて行ってくれるおかげだろう。

「勇にぃと会ったのも、夏だったね」

「うん、私が朝華たちを〈ムーンナイトテラス〉に連れてったんだよ」

「……懐かしい」

あれからもう十一年経《た》つ。空き家を探検したり、プールに行ったり、夏祭りで花火を見たり、あの頃も今と同じように濃密な夏だったと記憶している。

「そういえば最初、朝華って勇にぃのこと勇さんって呼んでたよね」

「あー、そうだっけ」

「いつの間にか勇にぃになってたけど。何がきっかけだったの？」

「うふふ、内緒」

「教えてよー」

「あっ、そうそう、勇にぃといえば。未夜ちゃんさぁ」

朝華はストローをくるくる回す。

「んー、何？」

「キャンプの時、勇にぃのテントで一晩過ごしたでしょ？」

「……」

「……」

「……」

「……」

「……」

「……」

「いんや？」

腋《わき》の下を冷や汗が伝った。

心臓がばくばくと鼓動を速め、血液の循環が加速する。それでいて、私の背筋にゾッと寒気が走る。暑いのに寒いぞ。冷や汗が私の体温を奪っていく……

「えっと、ななな、な、なんのことかなー。ひゅー、ひゅー」

私は口笛を吹く。

「隠さなくても大丈夫だよ。もうバレてるから」

朝華はじっと私を見据える。眼鏡の奥に覗く大きな瞳が、全てを見透かしているぞ、と言っているようだ。

「うっ……」

「大丈夫。別に怒ってるわけじゃないから」

な、なんで？

というかさ、なんでバレたの？

バレるようなへまはやらかしてないはず……

あの時のことは私と勇にぃしか知らないはずなのだ。

もしや勇《ゆう》にぃが喋《しゃべ》ったのか？

いや、それは考えられない。

勇にぃにとっても私にとっても、あのキャンプの朝の珍事は恥ずかしい思い出として心に深く刻まれているのだ。誰かに知られることはお互い望んでいない。

二人だけの秘密のはずなのに……

やっぱり、朝華がテントを覗いた時に気づかれてしまったのかもしれない。

「えっとぉ、そのぉ」

今さらごまかしはきかないだろう。そもそも、勇にぃのテントで夜を過ごしたことは動かしようのない事実なのだから。かといって、変な誤解をされても困るし……

どうしよう。

「あ、あのね朝華。私と勇にぃは別に――」

「分かってる。寝ぼけて入っちゃったんでしょ？」

「へ？」

「夜中にトイレに起きて、戻るテントを間違えちゃっただけなんだよね？」

「え？　み、見てたの？」

「ううん。推理してみただけだよ」

「推理？」

「合ってた？」

朝華はにこっと微笑《ほほえ》む。

「う、うん」

「未夜ちゃんっておっちょこちょいなところがあるから、たぶんそうだろうなって思ったの」

「でもどうして分かったの？」

「だって、三人の中で最後まで起きてたのは私だもん。未夜ちゃんが熟睡してるとこはしっかり見てたから」

「へぇ」

「もし未夜ちゃんと勇にぃがこっそり夜中に会ってイチャコラしてたら、必ず未夜ちゃんはこっちのテントに戻ってくるはず。だって私と眞昼ちゃんに知られないためにこっそり会うのに、二人一緒のテントで寝ちゃったら密会の意味がなくなるでしょう？」

「……ああ」

なるほど。

仮に私と勇にぃが二人の目を盗んで深夜の密会を計画したとしよう。その密会は眞昼と朝華にバレないように、という目的のために行われるのだから、事が終わったら私と勇にぃは別々のテントに別れなくてはいけない。

万が一同じテントで就寝して、翌朝二人の内のどちらかに見つかってしまったら元も子もないからだ。

つまり、私と勇にぃが同じテントで目覚めたという事実は、皮肉にも私たちの無実を証明してくれていたのだ。

「あれ？　そういえば朝華はなんで遅くまで起きてたの？」

「……コーヒーを飲みすぎて眠れなかったの」

「あっ、そうかそうか」

寝る前にみんなでコーヒーを飲みながらトランプをしていたっけ。

「それと未夜ちゃん、あの時、目覚ましかけっぱなしだったでしょ」

「うん」

翌朝のカブトムシ採集のために私は目覚ましをセットしていた。

「あれが何よりの証拠。目覚ましを解除しないままだったら、私と眞昼ちゃんを起こすリスクがあるし、現に私たちはそれで起こされた。そうしたら、未夜ちゃんがいないってことはすぐに分かっちゃう」

「うぅ」

「それに寝起きの悪い未夜ちゃんが目覚ましなしで起きられるはずがないから、解除されていない目覚ましと未夜ちゃんがいないって状況は違和感しかないもの」

「あぅ」

「たぶん目覚ましが鳴ったタイミングで起きて、そこが勇にぃのテントだって気づいた。でも隣にいた私と眞昼ちゃんも起きちゃったから、出るに出られなくなったってところかな」

推理を締めくくるように、朝華はグラスに残っていたサイダーを飲み干した。

「どうかな？」

「……全部、合ってます」

というか、的中しすぎて怖いんですけど！

ミステリの探偵役を張れるほどの推理力だ。さすがは幼馴染《おさななじみ》。私の行動と心理をここまで読み当ててくるとは。

「いやぁ、私もあの時は気が動転しててさ、二人にバレたら変な誤解をされるんじゃないかって思って」

「変な誤解？」

「ほら、一応、女子高生と社会人だし、キャンプ場には私たち以外にも人がいたし……」

「そうだね。そういうのはダメだよね」

その時、強い風が吹いて朝華の髪が大きく乱れた。髪を手で押さえながら、朝華は立ち上がる。眼下に広がる街の景色を眺めながら、

「私たちの仲だから黙認されてるけど、一般的に、女子高生と社会人って組み合わせは社会的には異端だってことは意識しておかないとね。もう私たちは子供じゃないんだから」

「そう……だよね」

一応私は十八歳なので成人しているけれど、まだ高校生の私たちと社会人である勇にぃとでは、社会的な立場が全く違う。本人同士が納得していても、社会がそれを受け入れてくれるとは限らないのだ。昔みたいな数々の誤解を今の勇にぃが受けたら、それこそ本当に逮捕されかねない。

いくら私たちが昔から知っている仲だろうと、そんな事情を知らない他人から見たら、成人男性が女子高生を侍《はべ》らせているようにしか見えないかもしれない。

もう保護者と子供という関係ではないのだから……

男と女。

だけどまだ、大人と子供。

「別に勇にぃと仲良くすることがダメだって言ってるんじゃないんだよ」

朝華《あさか》はこちらを振り返る。その表情はどこまでも柔らかく、そして優しかった。

「私だって勇にぃには昔みたいに甘えたいけど、ただ、人前で誤解を招くようなことはできるだけしない方がいいってこと。勇にぃの社会的地位のためにもね」

「……そうだね、分かったよ。あっ、ま、眞昼にはキャンプのこと内緒にしといてね。恥ずかしいから」

「分かった。未夜《みや》ちゃんも気を付けてね。未夜ちゃんのおっちょこちょいがまた暴走したら、またとんでもないトラブルが起こるかもしれないし」

「私ってそんなにおっちょこちょいかな？」

なんだか私がおっちょこちょいという前提で話が進んでいることが納得いかない。

「え？　自覚してなかったの？」

失礼なっ！

『クソガキ』との思い出……♥……その2

クソガキと蒸しパン

1

「みんな、ちゃんと手を洗いましたかー」

「はーい」と子供たちの声が重なる。

「今日はみんながこの前頑張って掘ったさつまいもさんを使って、蒸しパンを作ります」

担任の先生が黒板に調理手順を書いていく。

頭にバンダナを巻き、エプロンを身に着けた子供たち。初めて入る家庭科室にみんなドキドキの面持ちである。

「虫パンだって、虫使うのかな」

未夜が心配そうな表情で言う。

「虫って食えるのか？」と眞昼《まひる》。

「食べられる虫を使うんだよきっと。私、昔お父さんがコオロギ食べてるの見たことあるもん」

「コオロギ入りのパンってなんか気持ち悪いな」

「未夜ちゃん、それってたぶんイナゴだよ」

朝華がツッコミを入れる。

「イナゴ入りのパンか」

今日は先月収穫したさつまいもを使って蒸しパンを作るのだ。とはいえ、小学校一年生に包丁やコンロなどはまだ危険なため、子供たちが主に担当するのは生地作りと仕上げである。

「先生ぇー、虫を使うんですか？」

男子がふざけた調子で声を上げる。

「違いますー。蒸しパンっていうのは、虫を材料にするパンのことじゃなくて、蒸して作るパンのことです」

「虫がパンを作るんですかー？」

「そんなわけないでしょー！」

「未夜ちゃんよかったね、虫さんは使わないんだって」

「それを聞いて安心したよ」

「勇にぃは虫嫌いだからな」

「私も虫は平気だけど食べるのは無理だよ」

ほっと胸を撫《な》で下ろすクソガキたち。

「それじゃあ、班ごとに集まって、材料を取りに来てください」

「はーい」

「はーい」

「はーい」

流しやガスコンロが併設された長方形の調理台の上に、蒸しパンの材料と調理器具が並んでいく。卵、砂糖、牛乳、薄力粉、ベーキングパウダー、サラダ油に主役のさつまいも。

さつまいもは開始前に担任の先生がふかしたものである。それゆえ……

「さつまいもうまーい」

「先生、芹澤《せりざわ》くんが勝手にさつまいも食べてます」

「こらー！」

ひと悶着《もんちゃく》が起きたりもする。

「むぐむぐ、危なかったな、未夜。こっちはバレなくて」

「むぐむぐ、ごっくん。うん、芹澤が生贄《いけにえ》になってくれたね」

「むぐむぐ、未夜ちゃん、眞昼ちゃん、始めよっか」

三人は黒板に書かれた手順を確認する。まずは生地作りである。

「卵を割ってボウルに入れるんだって」

未夜はボウルの縁に卵を叩《たた》きつける。

「えいっ——うわぁ」

料理経験など皆無の未夜である。力が入りすぎたようで、卵には大きな亀裂が走ってそこから白身がどろっと零《こぼ》れ落ちた。重力に従い、中身がどんどん出てくる。

「あわわ」

「危ないって」

眞昼が手を差し出し、生卵をキャッチする。

「眞昼、ナイスキャッチ」

「うええ、触った感じが気持ち悪い。朝華、ボウル取って」

「はい、眞昼ちゃん」

「ふう」

なんとか卵割りをクリアした三人は、次の工程に取りかかる。

「えっと、砂糖と卵を混ぜるんだって」

朝華がボウルに砂糖を適量移し、泡だて器でしゃかしゃか混ぜ始めた。

「えへへ、これ楽しい」

「朝華、あたしもやりたい」

「私も」

料理経験のない子供にとって、分かりやすく料理してる感を味わうことができるため、こういった作業が一番人気となりがちである。

「へへ、めちゃくちゃ速くかき混ぜてやるぞ」

眞昼が泡だて器を握りしめたその時、

「先生ぇー、芹澤くんが卵をこぼしましたー」

「ああもう、何やってるの！　思いっきりかき混ぜたらこぼれちゃうでしょう？」

奥の方のテーブルで起きた事件を目の当たりにし、

「眞昼、普通にやっとこうか」

「……うん」

そうして牛乳、サラダ油をそれぞれ混ぜながら加える。

「えっと、次は薄力粉とベーキングパウダーだって」

蒸しパンの生地の肝となる薄力粉と生地を膨らませるためのベーキングパウダーは今回の調理実習の重要ポイントであるため、これも事前に担任の先生が適量を量り、混ぜ合わせておいたものが用意されていた。

「粉か」と未夜。

「なんか変な匂いだな」

「粉なんか何の役に立つんだろ」

「あっ、なんかねっとりしてきたよ」

三人はボウルを覗《のぞ》き込む。

「おお、粉すごー」

「粉パワーだな」

「あとはカップに移してっと」

グラシンカップを敷いた耐熱容器に生地を流し込み、そこにさつまいもを入れる。あとは蒸すだけだ。

「先生、でーきまーしたーん」

未夜が担任の先生を呼ぶ。ここから先は子供には危険なコンロと蒸し器を使う作業となるため、大人が担当する。

「美味《おい》しくできるかな」

「勇《ゆう》にぃにも分けてあげようよ」

「なんかいい匂いがしてきたぞ」

待つこと二十分ほど。セットされたタイマーがけたたましく鳴った。

「先生、もういい？」

「うん、未夜ちゃんたちの班が一番ね。ちょっと離れててね」

蓋を開けると、もわっと蒸気が立ち上った。

「できてる?」

「竹串を刺して、中身が生じゃなければオッケーよ」

「おらっ」

眞昼が次々に串を刺していく。

「全部オッケーだ」

「じゃあ完成ね」

「わーい」

「わーい」

「わーい」

残る工程は仕上げ。

チョコチップやカラースプレーなどのトッピングで蒸しパンを彩るのだ。

「未夜、そっちの黄色いチョコ取って」

「はいよ。わっ、朝華《あさか》のやつ、全部真っ赤じゃん」

「これは勇にぃの分だよ。勇にぃ、赤色が似合うから」

「勇にぃ、泣いて喜ぶだろうね」

そのあとは実食となる。

「美味《うま》い！」

「美味い！」

「美味しいねぇ」

自分たちで掘ったさつまいもを材料に作った、手作り蒸しパン。そのほっこりする甘さに大満足な三人であった。

2

「先生さようなら、みなさんさようなら」

帰りの会が終わり、生徒たちは帰宅の準備を始める。

「勇にぃ喜んでくれるかなぁ」

朝華はラップで包んだ蒸しパンを大事そうに横断バッグに入れた。余った蒸しパンはお土産用として持ち帰ってもよいのだ。

「きっと泣いて喜ぶね」

「あたしたちがわざわざ作ってやったんだからな」

そう言って眞昼は今日横断バッグを忘れたことに気づく。ランドセルに入れると教科書の重みで潰れてしまうかも、と半ズボンの後ろポケットに蒸しパンをしまった。

「じゃあ帰ろうっか」

　三人は帰路についた。

「今日は何して遊ぶ？」

「あたしはスマ○ラしたい。今日こそ勇にぃをボコボコにしてやるんだ」

「今日は寒いから、私も部屋の中でゲームがいいな」

「だんだん寒くなってきたよな」

「眞昼《まひる》、半ズボンで寒くないの？」

「全然へっちゃら」

「眞昼ちゃん、すごいね」

　雑談をしながら通学路を歩く三人。曲がり角に差し掛かったところで、

「うわっ」

「わっ」

「きゃっ」

　突然、右手の角からスクーターが飛び出し、三人は驚いて尻もちをついてしまった。

「びっくりしたぁ」

「あっぶな……なんだあいつ」

「怖かったね」

一時停止の標識を無視した危険なスクーターは、歯切れの悪い排気音を振りまきながら奥の角を曲がっていった。

＊

――〈ムーンナイトテラス〉のテラス席。有月《ありつき》はテラス席の掃除をしていた。

「勇にぃ」

「勇にぃ」

「勇にぃ」

「おう、お前ら」

「今日はいいもの持ってきてやったよ」

未夜《みや》が自信満々に胸を張る。

「いいもの？」

「さつまいもの――」

「さつまいも!?」

有月はお尻を両手で押さえる。

「さつまいもじゃなくて、さつまいもの蒸しパンです」

「ああ、なんだ。びっくりした」

「あたしたちが作ったんだぞ」

言いながら眞昼は後ろポケットに手を突っ込む。同時に、不穏な感触が指先に伝わった。

「……！」

「ほら、見て」

「頑張って作りました」

未夜と朝華が横断バッグからラップに包まれた蒸しパンを取り出す。

「ほー、よくできてるじゃねぇか」

未夜の蒸しパンはチョコチップを大量に振りかけたもので、もはや主役はさつまいもではなくチョコチップである。

朝華の蒸しパンは赤いチョコスプレーで表面にハートを描いてある。ハートを綺麗《きれい》に見せるために、表面がなるべく滑らかなものを選んで作った。

「すごいでしょ」

「美味しいですよ」

「……」

「へぇ、よくできたもんだ」

眞昼の腋《わき》を冷や汗が伝う。あの時か、と。

「眞昼は？」

「へ？　あ、いや」

有月の視線を受けて、普段なら元気いっぱいに振舞う眞昼だが……

「あ、あたし、なんかお腹《なか》痛いから帰るね」

「え？」

「じゃ、じゃあな」

三人の返事も待たずに、眞昼は駆け出した。

「お腹痛かったの我慢してたのかな」

「大丈夫かな、眞昼ちゃん」

「……お前ら、先に部屋に上がって待っとけ」

「へ？」

「勇にぃ？」

有月はエプロンを外して椅子にかけると、眞昼の小さな背中を追って走り出した。

＊

「はぁ」

平べったくなった蒸しパンを手に持ちながら、眞昼はとぼとぼ歩いていた。

先ほど尻もちをついた際、お尻の重みで後ろポケットに入っていた蒸しパンが潰れてしまったのだ。生地はぺったんこに固まってしまい、ふわふわさのかけらもない。さつまいもはぐずぐずに潰れ、トッピングのチョコも汚らしく見える。

未夜と朝華が綺麗で美味しそうな蒸しパンを渡すのに、自分だけこんなものを出すわけにはいかない。

手で持って帰ればよかった、と今さら後悔するがもう遅い。

足が重い。気分は最悪だ。

「おーい、眞昼」

背後から有月の声が聞こえた。振り向くと、こちらに駆け寄ってくる有月の姿が。慌てて蒸しパンを後ろに隠す。

「な、何？　勇にぃ」

「何じゃねぇよ。蒸しパンを食わせろ」

「は？　なんで？」

「なんでって、俺にくれるんじゃなかったのか？」

「いや、えっと……だめ」

こんなものを有月に見せるわけにはいかない、と眞昼は一歩後ずさった。

「いいだろ」

「だめ」

「食わせろ」

「だめ」

「潰れちゃったからか?」

「へ?」

有月はしゃがんで眞昼に視線を合わせた。

「気づいてたの?」

「後ろのポッケから、ぐちゃってはみ出てるのが見えたんだ」

「……うん、転んじゃって」

眞昼は蒸しパンを見せる。恥ずかしさで胸がいっぱいだった。

「貰《もら》うぞ」

「あっ」

有月はひったくるようにして蒸しパンを取り上げ、ラップを剝がしていく。

「お尻で潰しちゃったから……汚いから」

「汚いわけあるか」

そう言って、一口で蒸しパンを食べてしまった。あっけにとられる眞昼をよそに有月は

笑みを浮かべて、

「うん、美味い」

「……ほんと？」

「ああ、すごく美味い」

「……不味《まず》くなかった？」

「不味かったら吐き出してるよ。俺はこう見えてグルメな男だからな」

「……何それ」

「腹痛いのはもう治ったろ？　ほら、うちに帰って遊ぼうぜ」

「……うん」

「ありがとな」

「うん」

有月の大きな手が、眞昼の手を優しく握った。

クソガキは不自由

1

「朝華《あさか》、そろそろ出よう」

「はい」

一番上の姉、鏡華《きようか》と一緒に風呂から出る。

「温まった？」

「はい。喉も渇きました」

「じゃあ、冷たいものを飲もうね」

体はすっかりぽかぽかだ。

姉に髪を乾かしてもらい、キッチンで水分補給をしてからリビングに戻った。

「出たか。朝華、そろそろ寝なさい」

ソファーに座るや否や、父、華吉《はなよし》が声をかける。

「ええ、もうちょっとだけ」

「だーめ。時計を見なさい。もう九時じゃないか。子供はもう寝る時間だぞ」

「うう、まだ眠くないです」

湯上がりのほわほわした感覚も手伝い、本当は眠気マックスなのだが、まだ寝たくない気分の朝華だった。

「あーちゃん、一緒に寝てあげようか？」

真っ赤に髪を染めた次女の灯華《とうか》が抱き着いてくる。

「酒臭い顔で朝華に近づかないで」

鏡華が灯華の耳を引っ張る。

「いたたたた」

「えへへ」

今日は家に母もいるし、珍しいことに二人の姉もいるのだ。大人たちは夜遅くまで楽しく起きている。それなのに自分ばかり早く寝ないといけないなんてずるいではないか、と朝華は思った。しかし、体は正直である。

「ふわぁ」

「ほら、さっきから何回もあくびしてるじゃないか。歯磨きして、おトイレも行って」

「はーい」

仕方なく朝華はソファーから下りた。歯磨きとトイレを済ませ部屋に向かう。

「ふう」

一人ぼっちでベッドに横たわり、真っ暗な天井を見つめる。

なんで子供は早く寝なくちゃいけないんだろう。このあと、大人たちはお酒を飲みながら楽しくおしゃべりをしたりテレビを見たりするのに。

なんだか仲間外れにされた気分。

子供は不自由だ。

朝華はそう理解した。

この前のプールの時だって、身長制限のせいでウォータースライダーを滑ることができなかった。無論、それは安全のためというもっともな理由があるのだが、子供にとっては理不尽に感じてしまうものである。

大人はできるのに子供はできない。

早く大人になりたいな。

不満と睡魔にもぞもぞと体をくねらせる。

「ん、はわぁ」

「朝華」

戸口から光が漏れ、母の声が聞こえた。

「お母さん」

「まだ起きてるのね」

「もう寝ます」

「一緒に寝ましょう」

母はベッドに上がり、朝華の横に寝そべった。朝華は母の体に身を寄せる。母の匂いとぬくもりが朝華を包む。

「ゆっくりお休みなさい」

「おやすみなさい、お母さん」

意識が次第に薄れていく。

2

——土曜日。

朝華とイ○ンに遊びに来た。未夜《みや》と眞昼《まひる》はそれぞれ用事があるので、今日は朝華と二人きり。今日の朝華はフリルをあしらった可愛《かわい》らしいワンピースに身を包み、珍しく髪をポニーテールにしていた。

はぐれないように手を繋《つな》ぎ、混みあった店内を散策する。

「勇《ゆう》にぃ、昨日はお姉さんとお母さんが帰ってきたんです」

「へぇ、そりゃよかったな。てか、朝華ってお姉さんいたのか」

「はい。二人いるんですけど、もう二人とも大人です。勇にぃより年上ですよ」

「ふーん、そうなのか」

「みんなでゲームしたりして、楽しかったです。今日の朝早くに帰っちゃいましたけど」

朝華はごきげんだ。

「あっ、勇にぃ、アレ食べたいです」

「ん？」

朝華が指さした先を見ると、アイスクリーム店があった。

「どれだ？」

「これです」

店の前にでかでかと置かれた大きなパフェの写真。

「これって」

ハート形のチョコレートが乗っていて、イチゴとチョコのソースで彩られている。そして、二本のスプーンが両縁に立てかけられ、パフェの周りをハートが飛んでいる。

「朝華、あれはカップル専用だぞ」

メニューの名前の下にわざとらしく『カップルイチゴパフェ』という注釈がついていた。

「食べたいです」

「これはな、恋人同士じゃないと頼めないんだよ」

「……恋人」

「ここ見ろ。憎たらしくカップルイチゴパフェって書いてあるだろ」

「私と勇にぃじゃだめですか?」

「だめだろ」

俺は即答する。

「勇にぃは私と恋人に見られるのが嫌なんですか。

朝華は潤んだ目で俺を見上げる。馬鹿、そんな目を向けるな。

「そういうんじゃなくて、子供と大人は恋人にはなれないんだよ」

いくら朝華の頼みといえども、女子小学生と一緒にカップル用のパフェを頼む勇気は俺にはない。そんな姿をもし知り合いか誰かに見られようものなら、俺は明日からロリコンの烙印《らくいん》を押されるに違いないし、こいつを注文する際の店員さんの引きつった顔が容易に想像できる。

「なんでですか?」

「なんでって、子供はそういうことをする年齢じゃないからって……あっ、今のなし」

ああ、俺の馬鹿。子供相手に何を言いかけたんだ。

「?」

「とにかく、朝華のことが嫌ってわけじゃなくて、子供が頼むにはまだ早いってこと」

「むぅ」

朝華は露骨に不満そうな顔を見せる。

「朝華がもう少し大きくなったらな」

「大きくって、どのくらいですか？」

「うーん、少なくともあと十年は待たないと」

「むぅ」

「ほら、こっちのスペシャルパフェなら朝華でも食えるぞ」

「いいです」

ぷいっと朝華は顔を横に向ける。

「こっちの方がフルーツとか乗ってて美味《うま》そうだぞ？」

「やです」

「うっ」

これは対応を誤ったかな。

でもなぁ、小学一年生の女の子と一緒にカップル専用パフェを食べることを了承するやつなんて、ロリコンぐらいしかいねぇだろ。

朝華は甘えん坊な分、一度拗《す》ねるとなかなか機嫌が直らないんだよなぁ。

結局、普通のアイスクリームを買って食べた。

＊

また子供。
大人ってずるい！
朝華の心は燃え上がる。
一緒にあーんしたりしたかったのに。
さすがの朝華もこれには憤慨。
お酒を飲みたいとか、タバコを吸いたいなんて言っていない。
ただのパフェだ。ただのパフェですら子供と大人で区別されるなんて。
なんという理不尽だろう。
早く大人になりたいという欲求が、どんどん強くなる朝華だった。

＊

そのあと、フードコートで食事をし、ゲームセンターで遊んで朝華の機嫌はなんとか直ってきた。

「朝華は本当に音ゲーがうめぇな」

「音に合わせて叩《たた》くだけだから、簡単ですよ」

「言うは簡単なんだけどな」

その次に本屋に寄った。ミステリの文庫を数冊買い、朝華《あさか》も少女漫画をいくつか手に取っていた。

「……ねぇ、勇にぃ」

「ん？」

「前から気になってたんですけど、あそこの18って書いてあるとこはなんなんですか？」

「は？」

朝華は十八禁コーナーに指を向ける。紺色の仕切りカーテンには18という数字がでかでかと描かれている。

「あ、あそこはだな」

「18ってなんの意味があるんですか？」

「十八歳にならないと入っちゃいけませんって意味だよ」

「……ふーん、何があるんですか？」

「えっと、その……俺も知らない、かなぁ」

「でも勇にぃはもう十八歳だから、入れるんですよね」

「いや、その……」

その時、仕切りの奥から人妻系のエロ本を抱えたおっさんが出てきた。

俺は慌てて朝華の目を手で隠す。

「わっ」

「とにかく、子供はだめ。ほら、行くぞ」

「むぅ」

朝華の手を引いてその場から離れる。あんな不健全な場所に朝華を近づけてはならないという、一種の防衛本能が働いた。

3

二人が〈ムーンナイトテラス〉に戻った時にはもう三時を回っていた。

「もう三時か。朝華、おやつ持ってくから先に部屋に上がってろ」

有月《ありつき》に言われ、朝華は二階の部屋に向かう。

「はい」

ベッドに腰かけ、買った本のビニール包装を剝がす。

結局本屋のあの場所は何だったのか。何やら危険な香りが漂っていたような気がする。

子供はできることが少なすぎる、と心の中は不満でいっぱいだった。

しかしながら、それは大人でも変わらない、ということにまだ朝華は気づかなかった。

人は大人になった時、子供時代がいかに自由だったかに気づく。子供だから許されることや、子供でないとできないことも世の中にはたくさんあるのだから。

大人はなんでもできるけれど、子供には戻れない。

そしてそのことに気づいた時には、もう遅いのだ。

朝華が気づくのはいつの日か……

「ほれ、朝華」

「勇にぃ……わっ、それ」

有月が持ってきたのは、一つの大きなパフェだった。下のキッチンで作ってきたようだ。

「一緒に食おうぜ」

コーヒーゼリーやコーンフレークの層、とぐろを巻いたソフトクリームにはイチゴのソースがかかっている。チョコチップや小さく切ったフルーツで彩られ、ハートの形をしたチョコレートが乗っていた。そしてパフェ一つに対し、二本のスプーンが両端に立てかけられている。

「うわぁ」

朝華は目を輝かせる。

「これはな、本当はカップルじゃないと食べちゃいけない裏メニューだからな。誰かに知られたら大変なことになる。だからみんなには内緒だぞ」

「はい」

「しー、だぞ」

有月は人差し指を口に当てる。

「分かりました」

朝華はさっそくスプーンを口に運んだ。

「美味《おい》しいです」

「そうかそうか」

「あっ、勇《ゆう》にぃ」

「ん？」

「あーん」

「……あむ」

「私にもしてください」

「……ほれ、あーん」

「あむ、えへへ、美味しいです」

いろいろ不満はあったけれど、上機嫌の朝華であった。

第三章　……パパってこんな感じかな……

1

「あ、暑ぃ……」

今日はミステリ研究会の会誌の発行日。絶え間なく照り付ける朝の日射《ひざ》しに炙《あぶ》られながら、私は学校へ向かっていた。

「うぅー」

髪で首周りが蒸れ、アスファルトの照り返しが足を襲う。

通学路の途中にコンビニがある。そこでスポーツドリンクを買い、水分を補給しよう。

そして冷房で体を冷却するんだ！

オアシスが見えてきた。

無駄に広い駐車場を小走りで駆け抜け、コンビニに突撃する。

「ふぅ」

強烈な冷房により、体が芯から冷えていく。汗はすっと引き、むしろ肌寒いくらいである。

極楽、極楽。

だがまだ道半ば。

再びあの灼熱《しゃくねつ》のロードに戻らなくてはいけないのだ。スポーツドリンクで喉を潤し、ガ○ガリ君コーラ味で体をさらに冷やす。そして私は意を決して外へ出た。

「うへぇ」

冷却されたはずの体はあっという間に太陽の熱を吸収し、補給したはずの水分は汗となって体外へ排出される。

自然の猛威の前では人間の小細工など通用しないということか。坂を上り詰め、校門をくぐる。もう汗びっしょりだ。

テニスコートで他校との練習試合が行われているようで、大勢の人が集まっていた。敷地を東西に貫く長い並木道の路肩には、西高のジャージを来た男子生徒が座り込んでだべっていた。

南側のグラウンドではサッカー部が活動しており、この地獄のような猛暑の中で走り回っていた。

こんな炎天下で激しい運動をするなんて、なんというスタミナだろうか。

私なんて学校に来るだけでへとへとなのに。これは帰りに〈ムーンナイトテラス〉に寄って冷たいものを飲みながら会誌でも読もう。

校舎内に入り、ミス研の部室へ急ぐ。

「おまたせー」

「遅いよ、春山《はるやま》さん」

もうみんな集まっていた。

「ごめんごめん、藤野《ふじの》くん」

眼鏡をかけた線の細い副部長——藤野深太郎《しんたろう》は、手に持った会誌の束から一冊抜き出し、

「はい、春山さんの分ね」

「ありがとう」

「未夜《みや》、汗すごいわよ?」

星奈《せいな》ちゃんがウォーターサーバーから水を注《つ》いでくれた。

「ありがとう。いやぁ、暑くって暑くって」

「春山さんは暑いのに弱いからね」

藤野くんが呆《あき》れた目を向ける。

「それがこの子、寒いのにも弱いのよ」

「う、うるさいな」

そのあと、次回の会誌のテーマと締め切りが伝えられ、場は解散となった。

「さて、帰ろっと」

部室をあとにし、昇降口へ向かう。

その時、

「あれ、未夜先輩じゃないですか」

聞きなれた声がし、私は振り返った。

「あー、夕陽《ゆうひ》ちゃん」

煌《きら》めく金色の髪に雪のように白い肌。青い瞳はサファイアを思わせ、その背丈の低さはまるで妖精のようだ。目測、一四〇後半くらいかな。

私や眞昼《まひる》と同じ鉄壁聖女――誰が付けたんだ、こんな変なあだ名――の一人で、この学校のアイドル的存在、外神《とがみ》夕陽。

「どうしたんですかぁ？　こんな早くから」

「ちょっと部活でね、会誌を貰《もら》ってきたの」

「へぇ」

「夕陽ちゃんは？」

「私は夏期講習です」

「えらいねぇ」

「ところで汗すごいですよ」

「あー、暑くって」

「使います？」

そう言って、夕陽ちゃんはポケットからハンカチを取り出す。

「いいよぉ、悪いし。タオルなら持ってるから」

「そうですか。それは残念」

……何がだ？

「おい、鉄壁聖女の二人だ」

「補習に来てよかった」

「かわえぇ」

「夏休みに春山先輩に会えるなんて」

「夕陽ちゃん、こっち向いてー」

どこから湧いてきたのか、ぞろぞろと男子が集まってきた。

「ちょっとここだと目立ちますね。未夜先輩、まだ時間いいですか？」

「へ？　うん」

「じゃあちょっと付き合ってください。話したいことがあるので」

「話？」

そう言って夕陽ちゃんは私の手を引く。

この時期、ほとんどの教室が空き教室になる。私は三階の一室に連れ込まれた。窓の外から運動部の掛け声が聞こえてくる。

「ここでいいでしょう」

「な、何？」

夕陽ちゃんは神妙な目を向けて、

「いえ、ちょっと確認したいことがあるんです」

「？」

「未夜先輩、最近、変な男に付きまとわれたりしてませんか？」

「へ？　いや？」

なんでいきなりそんなことを聞くのだろう。

「例えばどこかお店に入って、そこの店員にナンパされたりとか、無理やり連絡先を交換させられたとか」

街を歩いていればナンパなんてのは、まあしょっちゅうある——なんか自慢っぽいけど——が、さすがにお仕事中の店員さんからってのはないかな。

「んー、そういうのはないかな」

「そうですか、ならいいです」

夕陽ちゃんは満足そうに微笑《ほほえ》む。

「未夜先輩は可愛《かわい》いから、男はすぐ勘違いしちゃいますからねぇ。気を付けてください よ」

「えへへ、それほどでも」

「いやいや、本当に。世の中の男どもは、だいたいが女子高生が好きで好きでたまらない やつばっかりなんですから」

「そうかな？」

「そうですよ。だいたい、大人と女子高生が付き合うなんて犯罪的です」

夕陽ちゃんはきっぱり言い切った。

「ま、なんにもないならいいです。お時間ありがとうございました」

「ううん、全然」

夕陽ちゃんと別れ、校舎から出る。

体育館を覗《のぞ》くと女子バレー部が練習していた。

「おっ、未夜」

柔軟をしていた眞昼がこっちに気づき、駆け寄ってきた。

「どうした？　未夜も部活か？」

「うん、ちょっとミス研の用事があって。でも終わったよ」

「あたしは今日は一日中練習だよー」

白い練習着はバレーボールでも詰め込んでいるのではないかと思うほど膨らんでいる。相変わらずの大きさだ。

「何時に終わりそう？」

「んー、五時か、六時くらいかな」

「じゃあさ、終わったらみんなでご飯行こうよ」

「おっけー」

「勇《ゆう》にぃと朝華《あさか》には私から言っておくから。それじゃあ頑張ってね！」

「おう」

眞昼を見送り、私は帰路につく。

歩きながら私は考える。勇にぃもやっぱり女子高生が好きなのかな。

世間一般的に社会人と未成年の交際は犯罪……とまではいかなくても風当たりが強いのは事実だ。正確には十八歳からもう成人なのだが、社会的な扱い的にはたいして変わっていない気がする。

別に勇にぃと私はまだそういう関係ではないけれど、周りからそうだと誤解されたら勇にぃの社会的な地位に影響するって朝華にも言われたばかりだっけ。

私は勇にぃが好きだし……でもなあ、勇にぃが犯罪者扱いされるのは嫌だ。報道番組でも未成年淫行のニュースを目にする機会があるもんね。

よし、そういう誤解を生む行動はできる限り慎むことにしよう。

私は固い決意を抱いた。

そうこうしているうちに〈ムーンナイトテラス〉に着く。

「おう、未夜」

勇にぃが忙しそうにしていた。

「わぁ、混んでるねぇ」

表のテラス席も含め、席は全て埋まっていた。

「わりぃな、店の方は空きがないから、上でもいいか？」

「いいよ。クリームソーダね」

「おう」

私は二階に上がり、勇にぃの部屋に入った。タオルで汗を拭い、デオドラントシートでケアをする。

「ふう、すっきり」

扇風機を回し、勇にぃのベッドに横になってさっそく会誌を読むことにする。

「ふんふん……おっ、こいつが犯人っぽいぞ」

横になったせいか、それとも猛暑の中を歩き疲れたせいか、強烈な睡魔がやってきた。

「うぅん」

ベッドから勇にぃの匂いがする。

昔から知っている匂い。落ち着く、いい匂い。

そのまま意識は薄れ、私は夢の中へ旅立った。

＊

「悪いな、遅くなって。クリームソーダ持ってきた……未夜《みや》？」

部屋に入ると、未夜は俺のベッドの上で眠っていた。仰向《あおむ》けになった彼女は気持ちよさそうに寝息を立てている。豊かな胸がゆっくり上下運動を繰り返していた。

「おい、未夜」

俺はテーブルの上にクリームソーダとスプーンを置くと、ベッドの前に寄る。

「起きろって」

未夜の制服姿なんて見慣れているはずなのに、なぜか妙な色っぽさを感じた。

汗で張り付いた前髪。暑さで少し赤くなった頬。扇風機の風でみだれたスカートから覗く白い生足。そして制服のブラウスは大きな盛り上がりを見せ、そこにはうっすらと水色の下着が透けて……

俺はすかさず目を逸《そ》らす。

な、なんだこいつ、仮にも男の部屋でこんな無防備な格好で寝やがるとは。

全身の血液が下半身に集中しかけたので、俺はボディビル大会の光景を思い浮かべ、昂《たか》ぶりを相殺する。

ふと先日夕陽《ゆうひ》に言われたことが頭をよぎった。

『おっさんが女子高生に手を出すのって犯罪なんだからね』

そうだ、俺は妹分に不純な気持ちを抱いてはいけないんだ。別に大人と高校生だからってわけじゃない。それもあるけれど、何より、小さい頃を知っている娘に劣情を催すなんて、こいつらの信頼を裏切る行為だ。向こうはただ、昔遊んでくれた知り合いのお兄ちゃんとして俺を見ているだけなのだから。

「未夜、起きろって」

俺は冷えたおしぼりを未夜の顔に当てる。

「ひゃっ」

やっと起きたか。

「クリームソーダ持ってきたぞ」

「あ、ありがと」

気だるげに体を起こすと、未夜は体を伸ばす。

「来て速攻寝るか？」

「なんか眠くなっちゃって。いただきまーす。んー、美味《おい》しい」

未夜はクリームソーダを食べ始めた。

こっちの気も知らずに呑気《のんき》なもんだ。

「じゃあ俺は戻るぞ」

「うん。あっ、そうだ」

「なんだ？」

「今日みんなで晩御飯食べ行こうよ」

「あー、いいぞ」

「眞昼《まひる》にはもう言ってあるから、朝華にも連絡しなきゃ」

未夜はスマホを取り出す。

「店は適当に選んどいてくれ。俺は仕事に戻るからな」

「うん」

未夜を残し、俺は部屋をあとにする。

女子高生三人と一緒に食事、か。

考えてみれば、これも世間一般には普通ではないんだよな。

あいつらに彼氏ができて、俺の下から巣立つのもきっと時間の問題なのだろう。未夜も眞昼も朝華も、彼氏ができない方が不自然なほどの美少女だ。その時が来るまで、あとどれくらいだろうか。

そんなことを考えると、ちょっぴり胸の奥が痛んだ。

……この気持ちはなんなのだろう。


「勇」

階下に下りると、母に呼ばれた。

「あー、何？」

「ちょっといい？」

やけに笑顔だ。こういう時に限って、ろくなことにならないのを俺は経験で知っている。

「ちょっとお願いがあるんだけど――」

2

翌日の午前八時前、俺は富士宮駅のバスターミナルにいた。

「ごめんね、有月《ありつき》くん。急な頼みで」

光《ひかり》は申し訳なさそうに言う。

「あー、いいって、いいって」

「ねぇ、ママ、喉渇いた」

「お茶でいい？　未空《みそら》ちゃんと芽衣《めい》ちゃんは――」

そして三人の女児。

「あっ、バス来たよー」

龍姫《たつき》が指さす。

富士山五合目行きのシャトルバスだ。俺たちは早速乗り込む。もちろん、行き先は富士山だ。

途中何度か停車を繰り返し、そのたびに俺たちと同じ目的の登山客が乗り込んでくる。市街地を抜けると、あとは登山道をひたすら上り詰める。窓の外の景色はだんだんと緑に染まっていく。

「うわー、でっかぁ」

富士山が眼前に迫り、未空が感嘆の声を上げる。

「芽衣、起きな。富士山めっちゃでかいよ」

龍姫が寝ぼけ眼の芽衣を揺さぶる。

「いつも見てるよぉ」

「今見なって。いつもよりでかいから」

「龍姫、他のお客さんもいるんだから静かにしなさい」

今日、俺たちはあの日本一の山に登るのだ。

なんでも今回の富士登山は子供たちが発案したものらしい。

未空、龍姫、芽衣の三人が富士登山をしたい、とそれぞれの保護者たちに申し出たところ、あいにく春山《はるやま》家は休みの都合がつかなかった。

さらに事情は不明だが、河原崎《かわらさき》家は両親不在の家庭環境で高齢の祖父母が芽衣の世話をしているという。デリケートな問題なのであまり詳しくは聞いていない。ともかく、高齢の老人に過酷な真夏の登山は厳しいという話になった。

かといって光一人で三人の子供の面倒を見るというのも、事が事だけに難しい。

それを聞きつけた母——主婦のネットワークはすごい——が、「だったら勇を貸してあげるよ」と俺の承諾を得ないまま光に提案したというといういつものパターンである。

まあ俺としては友人の頼みを断るのも忍びないし、合法的に仕事を休んで遊べるので一石二鳥である。ただ問題なのが、真夏の登山に俺の体力が続くのかどうか。

どうやら今回は山頂まで登るらしい。ほとんど毎朝、未空たちとバスケをして運動してはいるものの、アラサーのおっさんの体力は全盛期の半分もないだろう。下山後、筋肉痛で動けなくなることも考えられるな。

それにしても、いきなり富士登山なんていったいどういう風の吹きまわしなのだろうか。

先日、龍姫たちと富士山世界遺産センターに足を運んだが、もしかしてそれで……?

*

富士山への登山ルートは主に四つに分けられる。

山梨県富士吉田市から入る吉田ルート。

静岡県北東部の須走(現小山町)から入る須走ルート。

同じく静岡県の御殿場市から入る御殿場ルート。

そして我らが富士宮市から入る富士宮ルート。

富士宮ルートは富士山スカイラインが登山期間中マイカー規制となるため、シャトルバスやタクシーなどを使って移動しなくてはならない。

「あっ、有月くん、飴舐《あめな》める?」

「悪いな」

光からコーラ味の飴を貰《もら》った。ころころと口内で飴玉が転がる。なんだか素朴で懐かしい味だ。

「下村《しもむら》は昔山頂まで登ったことあったんだっけ」

「うん、高校生の時にね」

「高校時代か」

「あの頃の有月くんは毎日大変そうだったね」

「大変なんてもんじゃないって。毎日毎日クソガキどもの相手をして――」

富士宮駅を出発したバスは、水ヶ塚公園駐車場でトイレ休憩を挟み、やがて目的地である新五合目駐車場に到着した。

「芽衣、起きなって」

「うへ？」

「おー、懐かしいな」

少年時代の記憶が呼び起こされる。

そうそう、あの時もこんな感じで人が密集していて、太陽に近い分日射《ひざ》しも強烈だったな。スカウト団に所属していた時の思い出に浸る。

「見て有月くん、高いねぇ」

光が眼下に広がる街を眺めながら言う。

白いつば広のハットをかぶり、赤いウィンドブレーカーに細身のパンツといった動きやすそうな服装である。背中には大きなリュックを背負っており、首元にはタオルを巻いていた。

「ああ、そうだなー」

この地点ですでに標高約二四〇〇メートル。駿河湾《するがわん》とその先にある伊豆半島《いずはんとう》がぼんやりと見渡せた。

「あっちあっち」

未空がぴょんぴょんと跳ねる。すでに山肌に人の列ができ、上まで続いている。山頂を見上げるとまばらに木々が生えており、まるで苔《こけ》むした岩のようだ。

「勇《ゆう》さん、ちゃんとあれ持ってきたー?」

「持ってきたよ」

「よし!」

未空はにんまりと口角を上げた。

「じゃあ行くか」

富士宮口は出発点の標高が他のルートよりも高く、頂上までの距離が短い。しかしながら傾斜がきつく、ごつごつとした岩場も多い。果たして子供たちは無事に登り切れるのだろうか。

ロープで仕切られた坂道を上る。ゆったりとした坂道だが、地面はむき出しの岩肌である。

しばらくだらだらと歩くと、やがて六合目の雲海荘に到着した。ここで富士山登山の必需品である金剛杖《こんごうづえ》を購入する。

「おお、かっこいー」

龍姫は杖の先にぶら下がった鈴をちろちろ鳴らす。

「修行僧になったみたい」と未空。

「これ、うちにもあるよぉ」

「じゃあ、芽衣ちゃんのお爺《じい》ちゃんも昔富士山に登ったのかもしれないわね」

「そろそろ行こうぜ」

ここから先はだんだんと傾斜がきつくなり、さらに足元が砂礫《されき》で滑りやすくなっている。

先頭に光、そして最後尾に俺と、子供たちを挟むような隊列を組んで登り始めた。

「はぁ、はぁ」

「芽衣ちゃん大丈夫か？」

「うん」

「ちょっと休むか。おーい、下村」

「はーい」

途中、適宜休憩を取る。高山病のリスクがあるためだ。

「ぷはぁ、美味しい」

スポーツドリンクを飲み干し、芽衣は大きく息をついた。

「疲れた？」

俺が聞くと、芽衣はちょっと首をかしげて、

「たぶんまだ、大丈夫」

「ははっ、頑張ろうな」

「うん」

三人と交流を深めるうちに、おおよその気質は分かってきた。

未空と龍姫は活発な方だが、芽衣はどこか抜けているというか、天然というか、元気な二人に振り回されている、といった感じだ。富士山登山に合わせたのか、トレードマークのカチューシャは迷彩色をしていた。

「ねぇママ、今日は泊まるんでしょ？」

龍姫が聞く。

「そう、山小屋を予約してあるから」

日帰りの弾丸登山は高山病を発症しやすくなるため危険だ。特に、富士山のような標高の高い山ではなおさらである。今回は光が八合目の山小屋の予約を取ってくれた。

「ふっふっふ、そしてご来光を拝みながら……」

未空が怪しげな笑みを浮かべる。

「ママ、キャラメルもっとちょうだい」

「はいはい」

「よし、それじゃ行くか」

俺たちは腰を上げた。

＊

「ここらでまた休憩しよう」

俺もいい加減疲れた。高山病の予防にもっとも効果的なのは、ゆっくりとしたペースで登ることだ。

開けた場所に腰を下ろし、下を見下ろすと東の方に雲海ができていた。

「おお、雲より高ーい」

龍姫が無邪気な声を上げる。

「みんな、水分取って、お菓子もあるからね」

「はーい」

「はーい」

「はーい」

カロリーと水分を補給する。子供たちは柵の手前でスマホの写真を撮り始めた。

「富士宮ってあの辺かなー？」

「違うよ。あそこが田子の浦だから――」

その時、一組の老夫婦が俺たちの前を横切り、

「家族で富士山に登るなんていいですねぇ」

と声をかけた。

「いや、違うんですよ」

訂正する間もなく、老夫婦は慣れた調子でどんどん上へ進んでいった。

「……なんか、前にもこんなことあったね」

光《ひかり》がぎこちなく視線を移ろわせる。

「あ、ああ。そうだ……な」

たしかに小学校低学年の子供たちとアラサーの男女といった組み合わせは、そういった見方をされても仕方ないけれど。

「何話してたのー？」

龍姫《たつき》がこちらに寄ってきた。

「なんでもないの。元気な娘さんだねって褒められただけ」

「へへーん」

龍姫は腰に手を当てて胸を張る。

「未空《みそら》ちゃん、芽衣《めい》ちゃん、そろそろ行くよー」

「はーい」

それからさらに登り、五合目を出発してからおよそ五時間が経過した。

さすがにみんな、疲れの色を隠せない。特に芽衣の疲労が顕著だ。景色の中に緑はほとんどなくなり、赤茶けた岩壁が山頂付近の過酷さを物語っていた。

前を歩く三人と数メートルの距離ができてしまっている。

「芽衣ちゃん、大丈夫か？」

「うん」

「ほら」

俺はしゃがむ。

「？」

「あとちょっとだし、おぶってあげるよ」

もう少しで山小屋に到着する。

「……いいんですか？」

「ああ」

「あふぅ、ありがとうございます」

リュックを前にずらし、芽衣をおぶる。

「よし、行くか」

所詮は子供。しかも女の子だ。

軽い軽い。

「――パみたい」

「え？　なんか言った？」

「なんでもないでーす」

そうして俺たちは本日の目的地である八合目の山小屋に到着した。

今日はもう休むことにする。

早めに就寝し、起床するのは深夜。そしてご来光に間に合うように山頂を目指すのだ。

山小屋の食堂で食事を摂《と》り、予約していた部屋に案内される。それは部屋、というにはいささか質素であった。広さは四畳半もない。薄汚れた畳に梁《はり》がむき出しの天井。壁は薄い板張りで、隣の部屋の音が筒抜けだ。

しかし、ここまでの登山で疲弊していた俺たちにとって、横になることができるだけでそこは十分天国だった。

「あー、疲れた」

「もうへとへと」

未空と龍姫が畳の上に寝転がる。

「ママー、着替えとシートちょーだい」

「はいはい」

光がバッグからデオドラントシートを取り出す。この山小屋にはシャワーや浴室などの設備がないのだ。

「有月《ありつき》くんも、はい」

「ああ、サンキュー……あっ、悪い悪い」

俺はすぐに部屋を出る。男の俺がいては、光も子供たちも着替えることができないだろう。

廊下で待つことにした。すると、食堂の方から従業員の中年女性がやってきて、

「あっ、旦那さん。奥様、これ忘れてましたよ」

そう言って、光の被《かぶ》っていたつば広ハットを手渡す。どうやら食事中に脱いだのを忘れていたようだ。

「すいません。それと——」

夫婦ではありません、と訂正しようとしたのだが、仕事が忙しいのか、彼女は大股で通路の奥に消えた。

「有月くん、もういいよ」

「おう。あっ、下村《しもむら》。これ食堂に忘れてたろ。届けてくれたぞ」

「ありがとう、ないと思ったんだよ」

光に帽子を渡し、今度は俺一人で部屋に入って手早く着替える。制汗剤とデオドラントシートの甘い香りが部屋に充満している。なんだか高校時代を思い出した。

「そろそろ寝ましょうか」

荷物を奥にまとめ、光は言う。

「そうだな」

「もう寝るのー」と龍姫。

「まだ暗くないよー」

芽衣が窓の外を覗《のぞ》いて言う。

するると未空がいち早く横になり、

「いいの。今日はさっさと寝て明日に備えるの」

「でもまだお日様出てるから寝れるかな」

龍姫はポニーテールをほどいて光の隣に寝そべる。芽衣もカチューシャを外し、俺の横に来た。

俺と光で子供たちを挟むように、狭い部屋で川の字になって寝た。光、龍姫、未空、芽衣、俺の並びだ。まだ時刻は午後六時前だが、疲れが溜《た》まっていたおかげで子供たちはすんなりと寝入ることができた。

「有月くん、起きてる？」

「ああ」

「今日は本当にありがとうね。私だけだったら、たぶん面倒見切れなかったよ」

光は龍姫のお腹《なか》を撫《な》でていた。子供たちは三人ともすやすや寝息を立てている。

「いいって別に。慣れたことだからな」

「さすがは子供好き」

「……誤解を招く言い方すんな」

「あははっ。でもさ、実際子供を育ててみると、一人でも大変なんだよね。子供ってこっちの考えの範疇《はんちゅう》を超えたことをいきなりしでかすし、気づいたらいなくなってることもあるし……あの頃の有月くんは三人も面倒を見てて、そのすごさが分かったよ」

「面倒を見てたっつっても、俺は育てたわけじゃねぇからな。ただ、一日の一時《いっとき》の遊び相手になってただけ。ちゃんと朝から晩まで子供を世話して育てあげた親たちとは比べ物になんねぇよ」

「それでも十分すごいって。普通は血の繋《つな》がりもない子供の相手を毎日なんてできないよ。たまーに遊んであげるならまだしも」

「……改めて言っとくが、俺は別にロリコンじゃねぇからな」

「分かってるって」

光は顔をほころばせて、

「そうそう、ロリコンと言えばさ、昔、有月くんがメグミを拾ってきた時にさ――」

光と昔話に花を咲かせた。

＊

ゆさゆさと誰かが俺の体を揺すっている。

「――うさん」

「勇《ゆう》さん」

「ん？」

目を開けると、暗がりの中に月光が差し込み、芽衣の顔が浮かび上がる。

「どうした、芽衣ちゃん」

芽衣は少し上ずった声で、

「あの、トイレ」

「トイレ？」

そうして下唇を噛《か》み、もじもじと体をくねらせる。

「トイレ行きたいです」

なるほど、おそらく一人で行くのが怖いのだろう。

初めて訪れた場所だし、知らない人も多い夜の山小屋だ。時刻を確認すると、午後九時十五分。

「分かった、よっと」

俺は体を起こし、芽衣を連れて部屋を出た。

古ぼけた電球が吊《つ》るされているだけの廊下。薄ぼんやりとした明かりは通路全体を照らすにはあまりに弱く、むしろ中途半端に明るいせいで不気味な印象を受ける。他の宿泊客たちも寝ているようで、しんとしていた。

「怖い」

芽衣は俺の手に縋《すが》りつくように自分の手を絡める。たしかにこれは一人で行きたくないのも頷《うなず》ける。まるでお化け屋敷の通路のようだ。

「怖いな」

「うぅ」

芽衣をトイレに連れて行く。

「待っててくださいね」

「うん、ここにいるから」

待つこと数分。

「お待たせしました」

「おう」

再び芽衣《めい》が俺の手を取る。

部屋に戻り、芽衣は元の場所に横になる。俺も寝転がると、芽衣が身を寄せてきた。俺の胸に顔をうずめるように、頭をくっつける。

「んう」

「まだ時間はあるから、ゆっくり寝な」

「はい」

小さな背中を撫でていると、ふと既視感を覚えた。似たようなことが前にもあった。なんだろうと、しばらく考えていると、昔、台風の夜に朝華《あさか》と同じように眠ったことを思い出した。

3

ジリリリっと目覚ましの音が鳴り響く。

「有月くん、時間だよ」

「んおお。起きるって」

電灯の下で光《ひかり》が子供たちを起こす。時計を見やると午前一時ちょうど。寝ぼけ眼を擦《こす》りながら、俺は荷物を整理する。

「おっ、未空《みそら》ちゃん、ちゃんと起きられたね」

「当たり前よ。おねぇとは違うんだから。それよりアレ、忘れないでよね」

「大丈夫だって」

「あと五分寝かせて」

「ダメ、龍姫《たつき》。芽衣も起きろ」

「うあ〜」

未空が友達二人を起こす。

全員目覚めたところで食堂に向かった。俺たちと同じように深夜に出発する登山客で賑《にぎ》わっている。

簡素な食事を摂《と》り、いよいよ出発だ。

「おお、すごい」

外に出るなり、龍姫は感嘆の声を上げた。

遮るものが何もない、満天の星が広がっていたのだ。

「おっ、天の川だ」

「どれ？」

「どれ？」

「どれー？」

俺は東の高いところを指さして、

「ほら、あの星の光がいっぱい集まってるのが天の川」

「天の川って、七夕の？」

芽衣が俺を見上げる。

「そうそう。天の川の両端に、強く光ってる星が二つあるだろ？　あれが彦星《ひこぼし》と織姫。で、天の川の中の強い光の星と合わせて、夏の大三角って呼ぶんだ」

「へぇ」

「え、どれのこと？」

「あれよ、龍姫。綺麗《きれい》ね」

光がうっとりした声で言った。

下に目を転ずれば、今度は夜景に煌《きら》めく大地を眺めることができる。天と地で、視界を埋め尽くす光の粒。

皆、一様に目の前に広がる景色に心を奪われて――

「――って目的はこれじゃないでしょっ！」

未空が我に返ったように言った。

「早く登らないと、日の出に間に合わなくなっちゃう」

「はいはい」

そうして俺たちは山頂を目指し、出発した。

暗く、歩きにくい山道をじっくり時間をかけて登る。じゃりじゃりと、坂は砂を撒《ま》き散らしたようで歩きにくい。暗さも相まって、芽衣が何度か転びかける。

「あう」

「おっと」

「ありがとうございます」

「焦らず、ゆっくり行こう」

怪我《けが》をしては元も子もない。

背後を振り返れば、ヘッドライトの光が数珠つなぎになっている。蛇行した上り坂をゆっくり、そして確実に進む。足に疲労が溜《た》まり、重りのようだ。

「はぁはぁ、けっこうきつくなってきたかも」

未空の声に疲労が滲《にじ》んでいる。

「おら、みんな頑張れよ。アラサーのおっさんが頑張ってんだぜ」

「ちょっとちょっと、有月《ありつき》くんがおっさんじゃ、私も、おばさんに、なっちゃうじゃない」

「ははっ、悪い」

雑談で気を紛らわせながら、ひたすら足を動かす。どれだけ時間が経《た》っただろうか。周囲は依然として闇に包まれている。

「はぁ、はぁ」

「ひぃ、ひぃ」

やがて、俺たちは平坦《へいたん》な場所に出た。

「あれ？　もしかして……」

光が立ち止まり、俺たちを振り返る。

目の前には荘厳な鳥居が佇《たたず》み、石造りの社殿が構えていた。

「やったぁ」と龍姫が光の腰に飛び着く。

「ゴールだー」

「疲れたぁ」

未空と芽衣は抱き合って喜びを表現する。

「わぁ、懐かしー」

光が手を合わせて言った。

頂上浅間《せんげん》大社奥宮と記された木柱が柱のそばに立っている。

ようやくか。

午前四時十二分。

俺たちは富士山の頂上に到着した。しかし感動に浸ったり、休んだりするような暇はない。正確にはここがゴールではないのだから。ここからが今回の登山の真の目的、最後の踏ん張りどころだ。

「ねぇ、どっちに行くの？」

「ええと、あっちだな」

俺たちは再び歩き出す。

馬の背と呼ばれるのも納得するほどの斜面を慎重に登っていく。そこを越えると、石がごろごろしている階段が現れる。その脇の何やら物々しい建物――あとで知ったことだが、観測所らしい――を通り過ぎれば、『日本最高峰富士山剣《けんが》ケ峰《みね》　三七七六米《メートル》』と刻まれた石柱が、俺たちを迎えてくれた。

「こ、ここがゴール？　一番高いとこ？」

未空が聞く。

「そうだよ」

「やっと着いたってこと？」

「そう」

「いやったぁー」

　そうして俺たちは、日本で一番高い場所に到達した。

「勇《ゆう》さん、あれあれ」

「おう」

　俺はバッグからコーヒーセット一式を取り出す。

　今回の登山の目的は、日本で一番高い場所で朝日を眺めながらコーヒーを飲むことだった。発案者は未空だ。子供のくせになかなか洒落《しゃれ》たことを思いつく。ま、テレビの特集か何かに影響されたのだろうが。

「有月くん、お湯沸いたよ」

「おう」

　富士山ほどの標高ともなれば、気圧の関係で沸点が平地よりもだいぶ低くなるが、父に聞いたところによると、味に大きな影響はないらしい。まあ、こんなシチュエーションで飲み食いすれば、たいていのものは美味《うま》く感じられるだろう。

「砂糖とミルク入れる人？」

「はーい」

「はーい」

「はーい」

「……はーい」

「下村《しもむら》もかよ」

「えへ」

人数分のコーヒーを淹《い》れ、ご来光を待つ。すでに辺りは白み始めており、東の空が朝焼け色になっていた。

そして午前四時四十七分。

「あっ、出た」

未空が声を上げる。

地平線に光が滲む。周囲の山肌が赤く染まり、朝の到来を告げる太陽がその姿を現した。

「おお」

これまでの疲れが一瞬にして浄化されるような、神々しい輝きが俺たちを包む。

「綺麗だね、龍姫」

「うん」

俺の膝の上に座っていた芽衣も、その美しさに目を奪われている。

「……すごい」

「くぅう、最っ高」

ミルクたっぷりのカフェオレを飲みながら、未空はご来光を眺める。

やがて燃えるような赤色は次第にその勢いを弱め、ぬくもりのある柔らかな光となってまだかすかに残っていた夜の闇をかき消した。

＊

その日の夕方。

「日本一高い場所から朝日を見ながら飲むコーヒーの美味《おい》しかったこと。空の色が黒から水色、白、そんでオレンジに赤と変わっていく様子は、富士山の頂上からじゃないと拝めないよねぇ」

未空はこっちをちらっと見ると、

「まっ、こればっかりは体験したことがないと分からないだろうなぁ」

「ぐっ」

なんて生意気な妹だ。

帰ってくるなりマウントを取ってきやがるとは。この前のキャンプの意趣返しのつもりか？

「へん、日の出なんてここからでも普通に見れるし」

「あーダメダメ。街中から見たってねぇ、それはもう地平線の上に昇ったあとのものだから、本物の日の出じゃないんだよねぇ。まっ、おねぇは地べたの上で、いつでも見れる偽物の日の出を見ながら、虫取りでもしてればぁ?」

「下界のコーヒーで満足してるようじゃ、まだまだだよねぇ」

「ぐぬぬ」

このクソガキめ……

「ちょっと未夜《みや》、どこ行くの。もうご飯よ」と母の声を背中に受けながら、

「すぐ戻る」

私は〈ムーンナイトテラス〉に急ぐ。

「勇にぃ!! 私も富士山行きた……い。何やってんの? 眞昼《まひる》」

勇にぃの部屋に入ると、眞昼がいた。

「ん? 勇にぃ、体がバキバキでヤバいっていうからさ。マッサージしてやってんだよ」

勇にぃはベッドの上にうつ伏せになり、眞昼がふくらはぎをマッサージしていた。

「勇にぃ、大丈夫? 痛くない?」

「ああ、大丈夫。気持ちいい」

「へへ」

密室でイチャコラしてるのは問題だが、今はそれどころではない。

「未夜、俺はもう富士山を卒業したから」

「私も頂上からご来光を拝みながらコーヒー飲みたい！　もう一回行こうよ～」

私は勇にぃの体を揺さぶる。

「いや、お前の体力じゃ絶対無理だって。俺ですらこんなんなんだぞ」

「未夜じゃ一合も登れずにギブアップしそうだな」

眞昼が笑う。

「むぅ～」

結局、私はそれから数日間、未空《みそら》にマウントを取られ続けたのだった。

『クソガキ』との思い出……♥……その3

開店！　クソガキマート

1

日曜日。

鼠色《ねずみいろ》の雲が空を覆い、少し冷たい風が吹いている。せっかくの休日だが、こんな天気では外に出る気は起きないな。今日は家の中でじっとしていよう。そんな決心をした途端、眞昼がやってきた。さすがの眞昼も今日は長袖長ズボンだ。

「なんだ、今日はお前一人か？」

「違う。勇にぃ。今日は未夜の家で遊ぶぞ」

どうやら俺を呼びに来たらしい。外ではないのが幸いだ。眞昼に手を引かれ、隣の春山《はるやま》家へ向かう。やはり寒い。季節はだんだんと冬に近づいている。

「おお、さびぃな」

「全然寒くないぞ」

「ほれ」

眞昼の首筋に手を当てる。

「ひゃっ」

びくっと体を震わせ、眞昼は飛び上がった。

「はっはっは。冷たいだろ」

「もう馬鹿」

眞昼にぽかぽかと叩《たた》かれながら春山家へ入る。

「いらっしゃい、勇くん」

「お邪魔します」

未来《みく》さんに挨拶をし、未夜の部屋へ。

そこには――

「連れてきたぞ」

「なんだぁ、おめぇら。いったい何を？」

「勇にぃ、よく来たな」

ひっくり返した段ボール箱の向こうで未夜が言う。

「勇にぃ、いっぱい買ってください」

少し離れたところにもひっくり返した段ボール箱があり、朝華《あさか》がその奥にいる。

「何をやってんだお前ら」

「はい、勇にぃこれ」

眞昼は紙の束を俺に渡すと、同じように段ボールの奥に移動した。都合三つの段ボールが三角形を作っている。それぞれ、箱の上に折り紙で作った作品（？）を並べていた。

眞昼に貰《もら》った紙の束に目を落とす。長方形に切り取られた厚紙には子供っぽい字で「千円」と書かれている。中には丸く切った紙もあり、これは硬貨のようだ。

床には折り紙や厚紙の残骸、セロハンテープにはさみ、色鉛筆などが雑多に放置され、工作作業の跡が窺《うかが》える。

ああ、なるほど。

「おみせやさんごっこだよ」

「おみせやさんごっこだぞ」

「おみせやさんごっこです」

そういうことか。

＊

「いらっしゃい、安いよ安いよ」

未夜が手を叩いて鳴らす。

未夜の店はデザート屋のようだ。折り紙で作ったフルーツ、板チョコなどが無造作に並んでいる。プリンの空き容器を使ったパフェなど、凝った作りの商品もあった。

「これはなんだ？」

黄色い折り紙が円錐状《えんすいじょう》に巻かれている。

「これ？　これはソフトクリームだよ」

そう言って未夜は円錐を逆さに持ち、くしゃくしゃにしたティッシュを上に乗せた。なるほど、折り紙部分がコーンでティッシュがアイスか。

「おお、考えたな」

「千円になりまーす」

「何!?」

なんという強気な価格設定だ。俺はしぶしぶ千円を払う。

「ありがとうございましたー」

次は眞昼の店を見てみよう。

「これは……ハンバーガーか？」

拙《つたな》い字で書かれたメニュー表が箱の上に置かれていた。

「へいっ、らっしゃい。お客さん、注文は？」

「なんだそのキャラは……えっと、じゃあこの『まひるバーガー』で」

「あいよ」

眞昼は景気のいい返事をし、バンズを取り出す。

「今から作るのか？」

「うちは出来立てしか出してないんでね」

このバンズ、折り紙で作ったにしてはやけにふっくらしてるな。そこに茶色い折り紙製のハンバーグ——これもふっくらしている——を置き、赤、黄、緑の折り紙を重ねる。最後にバンズを乗せ、これで完成のようだ。

「へい、お待ち。二千円になりやす」

「なんだと!?」

相場の二十倍はするぞ。

「ほれ」

俺はなぜかあった三千円札を渡してみる。

「なんだよ三千円札って……普通は二千円札だろ」

「二千円札なんかないぞ」

「それがあるんだよ、俺も現物を見たことはねぇけど」

「はい、えーと……おつり千円」

「よく計算できたな」

「これくらいできるし」

千円札とまひるバーガーを受け取る。

赤、黄、緑の折り紙はそれぞれトマト、チーズ、レタスを表しているらしい。

「……あっ、そういうことか」

バンズと肉は中にティッシュが詰めてあった。なるほど、これなら形も崩れないし手で持ってもへこまない。子供のくせになかなか考えるじゃないか。

「勇《ゆう》にぃ、こっちも来てください」

朝華に呼ばれ、俺はそちらに足を向ける。

「朝華は何屋さんなんだ？」

「えへへ、お花屋さんです」

丁寧に折られた、色とりどりの花。チューリップに薔薇《ばら》、ひまわりなど、難易度の高そうなものばかりだが、しわ一つなく綺麗《きれい》な仕上がりだ。特に薔薇は立体的で、緑色の折り紙を細長く巻いた茎まで付いている。

「朝華は手先が器用だな。じゃあこの薔薇を貰おうかな」

「五千円になります」

「何をっ!?」

薔薇の相場はよく分からんが、ボられていることだけはたしかだ。俺はしぶしぶ五千円札を渡す。

「ありがとうございましたぁ」

「勇にぃ、こっちにも来て」

「あたしのとこも新商品出したぞ」

「分かった分かった、順番に行くから待ってろ」

そうしてクソガキたちの店で法外な料金をふんだくられ続けること十数分。

「あっ、もう金がねぇぞ」

資金が尽きた。

「全く勇にぃは、無駄遣いするからそうなるんだよ」

未夜《みや》が呆《あき》れたように溜《た》め息《いき》をつく。

「でもお金がないとおみせやさんごっこ続けられないよ」

朝華が不安そうに言った。

「しょうがない、お金づくりするか」

眞昼《まひる》がはさみを持つ。

「ちょっと待て、お前ら」

「何？」

「なんだ？」

「なんですか？」

「別に金は作らなくていいぞ。それよりちょっと、そうだな、十五分くらい待ってろ」

俺はそう言って未夜の部屋を飛び出し、我が家へ帰還した。父も母も忙しそうに働いている。そんな二人をしり目にキッチンへ忍び込み、目的のモノを探した。

「おっ、あった、あった」

2

「あっ、勇にぃが戻ってきた。はい勇にぃ、お小遣い」

「結局お金作ったのか。いいよ、それはお前らの小遣いにしとけ」

「へ？」

「勇にぃ、なんですかそれ？」

「ふっふっふ、この段ボール借りるぞ」

未夜の部屋に戻り、俺は未使用の段ボールを拝借する。

隅の空いているスペースに陣取り、逆さにした段ボールの上に商品を置く。

「おらお前ら、有月《ありつき》マート開店だ」

「わっ、鉄砲だ」

「かっけぇ」

「勇にぃが作ったんですか？」

「うちの自信作だぞ」

昔懐かしい割り箸鉄砲である。

「いくらいくら？」

未夜がはしゃぐ。

「そうだな、千円でいいぞ」

「買った！」

「あたしも」

「私も欲しいです」

「ほれ」

三人に割り箸鉄砲を売りさばく。

「ねぇ、これどうやって撃つの？」

「ここに輪ゴムをひっかけて、ここまで伸ばして、ここにひっかけるんだ。あっ、人に向けて撃つなよ」

「はーい」

「はーい」

「はーい」

ぺしぺしと輪ゴムが宙を飛び交う。

「面白ーい」

「あー、お前ら、有月マートではこんなサービスもやってるんだなぁ」

俺は折り紙を切って作った的を壁に貼り付ける。

「射的ですか?」

「この赤いハートに当たったら一万円、黄色い星は五千円、緑の三角と青い四角は千円だ」

「やるやる」

「参加料は千円で、三回撃てる。撃つのはベッドの上からな」

「よし、一発で当てちゃうもんね」

「誰が一番最初に当てるか勝負だ」

「うー……難しそう」

クソガキたちは射的に夢中になったが、そう簡単に大当たりなど出るはずがない。さんざん俺から搾り取りやがって。クソガキどもめ、巻き上げてやるぞ。

くっくっく。

俺は再び家に戻り、材料を調達する。

「だめだぁ、全然当たんねぇ」

「眞昼ちゃん、もうちょっと上を狙った方がいいんじゃない？」

やはりというか、大当たりはまだ出ない。

「あー、お前ら、有月マートは新商品を出したんだが」

「わっ、おっきい銃だ」

未夜が叫ぶ。

「新商品、割り箸スナイパーライフル。照準スコープ（トイレットペーパーの芯製）がついているおかげで的が狙いやすくなるぞ」

「いくら？」

「五千円だ」

「買った！」

「あたしも」

「うぅ、もうお金ないです」

「朝華《あさか》、お金がない時はどうするんだ？」

「射的で大当たり狙います」

「違うだろ……あっ、そうだ。俺、ひまわりの花が欲しくなったなぁ」

「お買い物ですか？　えっとぉ、五千円です」

こうして無事に三人の手にスナイパーライフルが渡った。

「えい。あっ、当たった。当たったよ」

しばらくして、未夜が赤いハートに命中させた。

「すごいな未夜」

「すごい未夜ちゃん」

「わーいわーい」

「大当たり！　ほれ賞金の一万円」

「あたしもやるぞ」

「私も」

スナイパーライフルの性能ゆえか、それともこいつらの腕が上がったのか、的に命中させる頻度が高くなってきた。こちらの支払いが多くなり、俺の資金も目減りしていく。ここらで荒稼ぎをしなければ。

「あー、お前ら。金を生で持ち歩くのは危険なんじゃないかぁ。うちで新商品を出したんだが」

「あっ、財布だ」

折り紙製の財布だ。購買意欲を煽《あお》るためにビーズやビニールテープで装飾も施してある。

「これはなぁ、限定商品だからなぁ、三万円！」

「そんなにないよ」

「もうちょっと安くしろ」

「あと六千円かぁ」

「お金がないなら真面目に働けば……」

「よし、射的で大当たり目指すぞ」

「おー」

「おー」

「……」

そうして三人全員が財布をゲットするまで、射的もとい、おみせやさんごっこは続いた。

＊

その夜。

「馬鹿！！！　在庫の割り箸全部使っちゃってどうすんの！」

母の怒声が空気を震わせる。

「まあまあ、さやか。発注しておいたから」

「そういう問題じゃないの。あなたは黙ってて」

「はい」

「いったい何に使ったの！」

「えっと、割り箸鉄砲を」

「割り箸鉄砲を作るのにそんなに割り箸を使うわけないでしょ」

「いやその、割り箸スナイパーライフルを」

「はぁ？」

その後、母のガチ説教は一時間続いた。

クソガキは待っててほしい

終礼の鐘が校舎内に響き渡る。ホームルームが終わり、俺たちは帰り支度を始める。

三年生のこの時期は、就職組と進学組とで終礼後の時間の使い方が変わるのだ。後者は受験対策の補講を受ける者や予備校に通う者が大半である。

俺たち就職組、とりわけすでに内定が下りた生徒は特にやることがないので、放課後は遊び放題だ。

「さて、帰るか」

遠藤直明《えんどうなおあき》に声をかける。

坊主頭の長身で、クラス一のお調子者。彼の人となりを最も分かりやすく説明すると、ガタイのいいカ◯オといった表現が一番的確か。中学時代からの付き合いで、高校では同じバスケットボール部に所属していた。

通学路が同じなので、途中までいつも一緒に下校している。

「あー、悪い有月、ちょっと今日は用事あるんだわ」

そう言って遠藤はパンっと顔の前で手を合わせた。

「用事？　先生に呼び出されたのか？」

「違ぇわ！　まあ、ちょっと野暮用ってやつよ」

ざらついた笑みを浮かべながら、遠藤は目を細める。

よく分からないが、悪いことではなさそうだ。

「はー、分かったよ。じゃあな」

「おう」

遠藤を教室に残し、俺は帰路についた。

家に帰り着くと、案の定と言うべきか、俺の部屋にはすでに三人のクソガキがスタンバっていた。ベッドの上でくっついて固まり、ゲームをしている。

こいつらの前では俺のプライバシーは一切尊重されない。

「勇《ゆう》にぃ、イ○ン行こー」

未夜《みや》がとびついてくる。

「待て待て、着替えるから」

「早く」

眞昼《まひる》がばしばし俺のケツを叩《たた》く。

「分かった分かった」

俺はベルトを緩める。

「……」

「早く着替えろ！」

「部屋から出ろ！」

「うわ」

「わわっ」

「あう」

いくらこいつらがクソガキでも女の子なので、こいつらの前でズボンを脱ぐことは許されない。クソガキたちを追い出し、制服から着替えた。

「よし、行くか」

徒歩でイ〇ンに向かう。夕方のこの時間帯はお買い物中の主婦や学校帰りの学生たちで賑《にぎ》わっている。

「勇にぃ、アイス食いたい」

眞昼が俺の手を引っ張る。

「アイスな、はいはい」

テナントのサー〇ィーワンに寄る。

「私は、えっと、うーん、パチパチするやつがいい」

未夜はメニュー表を指さす。

「ポッピングシャ〇ーな。お前いつも悩むくせに結局それだな」

「だってこれが一番美味《おい》しいもん」

俺もそれにするか。

「あたしはチョコ」

「私は抹茶がいいです」

「みんなコーンでいいか」

「うん」

「うん」

「はい」

テーブル席に落ち着く。憎たらしいことに、周りの席はほとんど高校生のカップルだ。

幸い、北高の知り合いはいない。

「勇にぃ、一口ちょうだい」

「ほれ」

「私も欲しいです」

「ほれ」

「私も」

「お前は同じものだろうが」

アイスを食べ終え、ゲームコーナーに向かった。しかし、ここでもカップルが目立つな。

プリクラを撮ったり、ガンシューティングでイチャコラしてやがる。

「勇にぃ、あれやろー」

クソガキたちが音ゲーの筐体《きょうたい》に群がる。

「おお、う……」

「きゃーやばーい。たっくん、上手〜」

「へへ、おらおら」

隣の筐体はカップルが使っていた。

「勇にぃ、早く」

同じ年頃の生徒は彼女を連れて歩いてるというのに俺は十歳以上も離れた小学生と一緒か。

ちらっとこちらを見た男子生徒が鼻で嗤《わら》ったように見えたのは俺の気のせいか？

「朝華《あさか》上手ーい」

「えへへ」

こいつら、俺の気も知らずに楽しそうにしやがって。

「次は勇にぃの番」

「……おう、俺のスーパーテクを見とけよ」

ひとしきりゲーセンで遊び終え、店内をぶらつく。未夜が別のアイスクリーム店の前で立ち止まり、メニュー表にかぶりついた。

「これ食べたい」

「あん？」

ハート形のチョコレートにイチゴとチョコの二色ソース。嫌味ったらしく二本のスプーンが両縁に立てかけられ、赤地の看板とハートがラブな雰囲気を漂わせている。

未夜が示したのは、先日朝華にせがまれたカップル専用パフェだった。

「いや、これはな、未夜」

俺が説明しようとすると、朝華が割り込んできた。

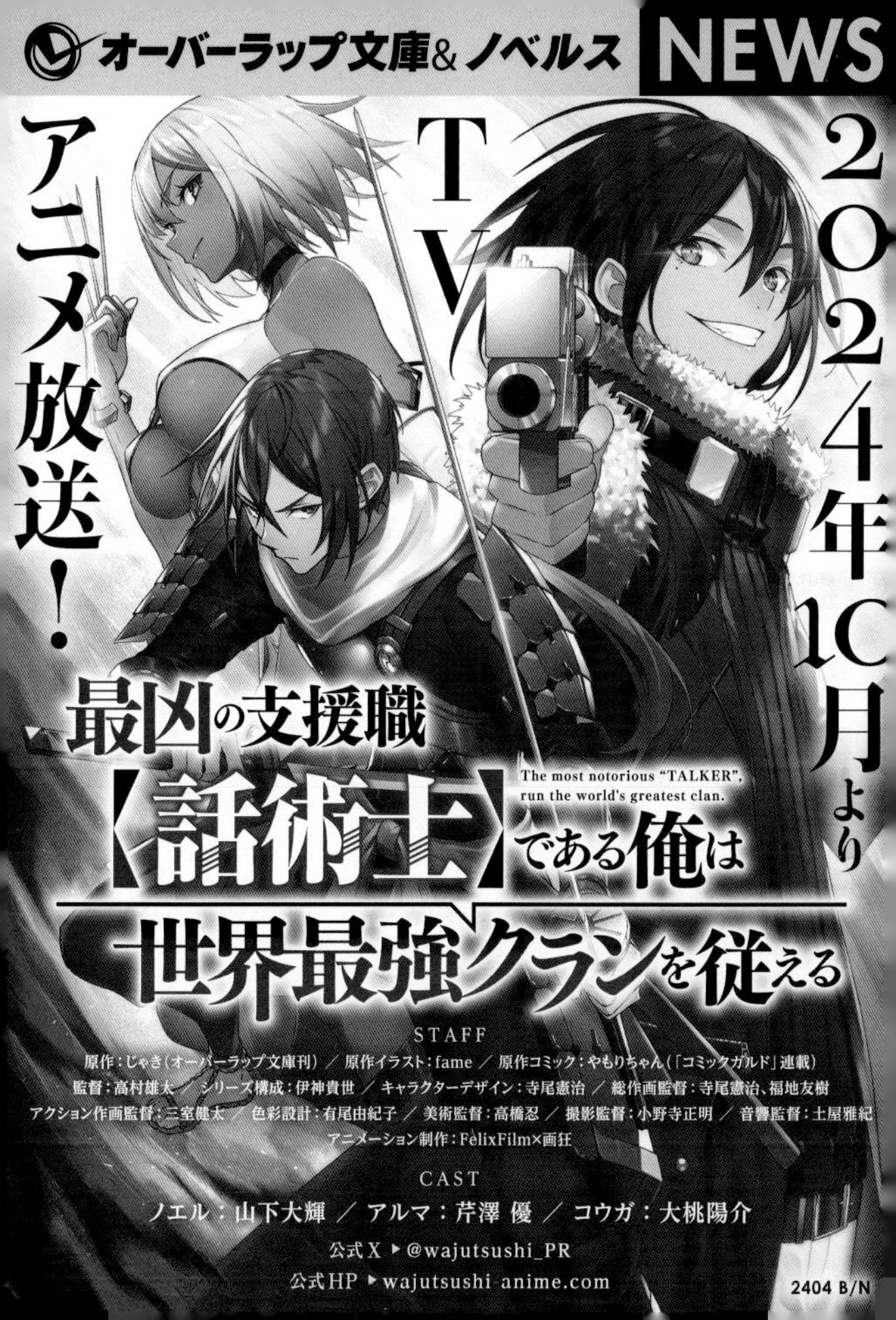
オーバーラップ文庫&ノベルス
NEWS
TV
アニメ放送！
2024年10月より
最凶の支援職【話術士】である俺は世界最強クランを従える
The most notorious "TALKER", run the world's greatest clan.
STAFF
原作：じゃき（オーバーラップ文庫刊） ／ 原作イラスト：fame ／ 原作コミック：やもりちゃん（「コミックガルド」連載）
監督：高村雄太 ／ シリーズ構成：伊神貴世 ／ キャラクターデザイン：寺尾憲治 ／ 総作画監督：寺尾憲治、福地友樹
アクション作画監督：三室健太 ／ 色彩設計：有尾由紀子 ／ 美術監督：高橋忍 ／ 撮影監督：小野寺正明 ／ 音響監督：土屋雅紀
アニメーション制作：FelixFilm×画狂
CAST
ノエル：山下大輝 ／ アルマ：芹澤 優 ／ コウガ：大桃陽介
公式X ▶ @wajutsushi_PR
公式HP ▶ wajutsushi-anime.com
2404 B/N

オーバーラップ文庫＆ノベルス
4月の最新情報
文庫注目作
その少女
暗躍無双
する――!!
悪役令嬢はしゃべりません
1.覚醒した天才少女と失われたはずの駒
著：由畝 啓　イラスト：ミユキルリア
ノベルス注目作
「健康ってすごい！」
（ドラゴンをワンパンしながら）
病弱少女、転生して健康な肉体（最強）を手に入れる1
～友達が欲しくて魔境から旅立ったのですが、
どうやら私の魔法は少しおかしいようです!?～
著：アトハ　イラスト：狐印

最凶の支援職【話術士】である俺は
世界最強クランを従える
文庫＆コミックス発売中！
GARDO COMICS
最強の仲間を求め——
新たな知略が始動。
オーバーラップ文庫
最新刊
4/25
発売！
最凶の支援職【話術士】である俺は
世界最強クランを従える9
漫画：やもりちゃん　原作：じゃき
探索者協会の試験に合格したノエルは、メンバーにレオンを加え、クラン“嵐翼の蛇”を創設した。次なる彼の目的は、冤罪で牢獄に囚われた傀儡師・ヒューゴを釈放することで——。
最凶の支援職
【話術士】である俺は
世界最強クランを従える
1〜4
著：じゃき　イラスト：fame
2024年7月より
TBSほかにて
放送予定!!
CAST
三森灯河：鈴木崚汰
セラス・アシュレイン：宮下早紀
ピギ丸：津久井彩文
ヴィシス：小清水亜美
STAFF
原作：篠崎芳（オーバーラップ文庫刊）
キャラクター原案：KWKM
監督：福田道生
シリーズ構成：中西やすひろ
キャラクターデザイン・総作画監督：橋立佳奈
音楽：斎木達彦
音楽制作：日音
アニメーション制作：Seven Arcs
ハズレ枠の
【状態異常スキル】で
最強になった俺がすべてを蹂躙するまで
HP = https://hazurewaku-anime.com
X = @hazurewaku_info
©篠崎芳・オーバーラップ/ハズレ枠の状態異常スキル製作委員会

「未夜ちゃん、これはカップルじゃないと注文できないんだよ」

「そうなの？」

「これを食べられるのはねー、カップルだけなんだよ」

どこか自慢げであり、諭すような口調だ。

「大人になるまで待たないと駄目なんだよ」

「あっ、未夜、ここにカップルイチゴパフェって書いてあるぞ」

眞昼が言う。

「ほんとだー」

未夜はがっくり肩を落とした。

「朝華は食べたくないの？」

「私はこの前食べたもん」

「えっ!?」

「えっ!?」

「勇にぃが作ってくれたの」

腰に手を当て、朝華は胸を反らす。

「お、おい、朝華、それは内緒だって――」

「あっ」

朝華は慌てて口元に手を当てるがもう遅い。

「勇にぃ、どういうことだ！」

「私も食べたい！」

眞昼と未夜が俺にしがみついてくる。

「朝華にだけずるいぞ」

「私も食べたい」

「あー、分かった分かった。今日帰ったら作ってやるから」

「絶対だぞ」

「絶対だよ」

店を離れようとクソガキたちの手を引く。その時、だった。

「あれ、有月《ありつき》？」

「あ？　遠藤」

後ろを振り向くと、遠藤がいた。制服姿のところを見るに、学校から直接訪れたようだ。

野暮用は済んだのだろうか。

いや、そんなことは問題ではない。

俺は遠藤の隣にいる女に目を向ける。長い黒髪にひとくせもふたくせもありそうな鋭い目を持つ、狐顔《きつねがお》の美少女。

「あれー、有月くんじゃん」

「おう、中島《なかじま》も……」

遠藤の隣にいたのは、俺もよく知る女子生徒——男子バスケットボール部の元マネージャー、中島六狐《ろこ》だった。

「勇にぃ、学校の友達？」

未夜が聞く。

「ああ」

「なんだ有月、また子守か」

「有月くんって妹いたんだ。カワイー」

「いやそういうわけじゃねぇ……ってお前ら」

俺は二人の様子を子細に観察する。

二人は仲良く恋人繋《つな》ぎをし、お揃《そろ》いのブレスレットを着けているではないか。これは考えを巡らせるまでもない。

俺は努めて平静を装い、尋ねる。

「え、何、お、お前らって、つ、つつつ、付き合ってんの？」

二人は顔を見合わせ、幸せそうに顔をほころばせる。

「バレたか」

バレたか、じゃねぇ。

野暮用ってのは彼女との待ち合わせのことだったのか。

「マジか」

「え？　いつから？」

「先週だよ」

遠藤《えんどう》とは中学からの付き合いだが、こいつにもようやく彼女ができたか。彼女のできない男同士、灰色の高校生活を部活に捧《ささ》げた仲だ。文化祭を男だけで回り、バレンタインデーは二人してそわそわした仲だ。

「言ってくれりゃいいのに」

「別に隠そうと思ってたわけじゃねーんだが、なんか言い出しづらくてな」

「全然気づかなかった」

嬉《うれ》しいような先を越されて悔しいような、複雑な感情が俺の胸の内に渦巻く。まさかあの遠藤に彼女ができるなんて。同じ三年生の下村光《しもむらひかり》、一年生の華山小春《はなやまこはる》と並んで学園中の男子たちの人気を集める中島六狐を落とすとは……

「まっ、有月も早く青春をエンジョイするんだな。じゃあな」

「有月くん、また学校でね」

「お、おう」

二人は仲良く手を繋いだまま俺たちの横を通り過ぎ、アイスクリーム店に入っていく。

その姿を、俺は三人のクソガキたちと共に見送った。

＊

「有月くんってなんで彼女作らないのかなー」

カップル専用のスペシャルパフェを食べながら六狐が言う。

「この前、後輩の子が有月くんに告白したけどフラれたんだって」

「へぇ」

遠藤は相槌《あいづち》を打つ。

「別にモテないわけじゃないんだよねー」

「長年友達をしてきた俺の見立てによると――」

「よると？」

「あいつは理想が高すぎるんだよなー」

「ほー」

「あいつは生まれついてのおっぱい星人なんだよ」

「でもその後輩ちゃんもすごい巨乳ちゃんだよ？」

「そりゃもったいない。あとはそうだな……あっ、これはダメだ。さすがに言えねぇ」

「え？　何？」

「やつの名誉に関わることだ」

「気になるー」

「ダメダメ。ほら、さっさと食って映画見に行こうぜ」

＊

「……あの二人、カップルパフェ食うのかな」

眞昼《まひる》が振り返って言う。

「ところで勇《ゆう》にぃって恋人いないのか？」

「うっ」

無邪気な眞昼の声が俺の心を撃ち抜く。別にいないわけじゃねーから。作らないだけだから。

「高校生になったら普通恋人できるんじゃないのか？」

「勇にぃに恋人なんて百年早いわ！」と未夜《みや》がちょっと怒ったように言う。

「お前らうるせぇぞ」

「勇にぃってモテないの？」

「うるせぇ！　ほら、行くぞ」

こいつら、好き勝手に言いやがって。

「待ってー、トイレ」

「あたしも行きたい」

「じゃあここで待ってるよ」

未夜と眞昼がトイレに小走りで向かう。俺と朝華はトイレ脇のベンチに並んで腰かけた。

「勇にぃ」

朝華が俺の手を引っ張る。

「なんだ」

朝華は俺の耳に顔を近づけて、

「待っててくださいね」と言った。

少し顔が赤らんでいる。

この状況でそれを言うってことはきっと……

「朝華もトイレか？」

「……違いますっ」

第四章　夜空の花と証人集め

1

『また来年も一緒に見ようね』

夜空に咲く満開の花々を見ながら、私は勇にぃにそう囁《ささや》いた。

『当たり前だろ』

勇にぃはかき氷を食べながら言った。

これからずっとこの四人で楽しく遊べるんだ、と私は信じていた。毎年、夏が来るたびに、この素晴らしい花火を勇にぃと一緒に眺めることができるんだって、そう信じ切っていた。

しかし、その約束が果たされることはなかった。

勇にぃは上京してから十年もの間、一度も帰ってこなかったのだから。

遠い思い出の一ページ。

あの夜見た花火の輝きは、今も鮮明に思い返すことができる。

＊

「あっちぃな」

「勇、これはそっちの方に」

母からクーラーボックスを渡される。

「ほいほい……重いな」

「あなた、くたびれてないで手を動かしてよ」

「う、うむ」

設営が終わったテントの下で、いそいそと出店の準備が始まる。

近所の公園で行われる町内会の夏祭りである。我らが〈ムーンナイトテラス〉も例年通り——俺の参加は久々だが——出店しており、かき氷やコーヒー系の飲み物を販売する。

朝から準備に追われ、てんてこまいだ。

全ての準備が終わる頃には正午を少し過ぎていた。お客も少しずつだが集まり始めている。腹が減ったので、さっそく出店を巡ろうとしたら、

「勇にぃ」

眞昼がやってきた。黒いキャップをかぶり、白いTシャツにデニムの短パン。そして左手首には黒いリストバンドが。

「おう、眞昼か」

「はい、差し入れ」

眞昼は三人分の焼きそばが入った袋を渡してくれた。龍石《りゅうしゃく》家は焼きそばの屋台を担当しており、入口付近という最高の立地に店を構えていた。

「ありがとー、眞昼ちゃん」

母が言う。

「サンキューな」

「これ、あたしが焼いたから」

「ほー、そりゃ美味《うま》そうだ。よし、これ持ってけ。俺のおごりだ」

俺はかき氷を作って眞昼に手渡す。

「ありがと。今日も暑いねぇ」

うっすらと額に滲《にじ》む汗を手で拭い、眞昼は太陽を見上げる。ツクツクボウシの声が聞こえてきた。

「未夜と朝華《あさか》は？」

「未夜の家で浴衣を着てからこっちに来るって言ってたから、もうそろそろ来ると思うけど……」

「眞昼は浴衣着ないのか？」

「あたしは夕方頃に未夜の家に行って、浴衣借りる予定。今は焼きそば焼くから浴衣着てるとやりにくいし匂いついちゃうから」

「なるほど」

その時、

「こんにちはー」

「こんにちはー」

「こんにちはー」

未空《みそら》、龍姫《たつき》、芽衣《めい》の三人がやってきた。手にはたこ焼きや焼きそば、チョコバナナなど、各々食べ物を持っている。もう一回りしてきたようだ。

「おう」

「こんにちはー。みんな早いねー」

眞昼はそう言って腰をかがめて三人と目線を合わせる。

「眞昼ちゃんのとこの焼きそばも買ったよ」と未空が焼きそばを片手に言う。

「ありがとうね」

「未夜はまだ来ないのか？」

俺が聞くと、未空はやれやれといった調子で、

「おねぇは寝坊だよ。私が出る頃になってようやく起きたの。なんか、昨日興奮しすぎて

眠れなかったんだって」

「ガキかあいつは」

「未夜らしいね」

そう言って眞昼はくすくすと笑う。

「じゃ、あたし店に戻るから。あとでね」

「おう」

「おねぇはほんとダメなんだから。それはそうと、おばさーん、かき氷くださーい」

「はーい。何味がいい？」と母が接客モードに入る。

「イチゴ」と未空。

「メロン」と龍姫。

「ブルーハワイ」と芽衣。

実はかき氷のシロップは全部同じ味なんだぞ、というトリビアを披露しようと思ったが、子供の夢を壊すのは忍びないのでやめておこう。

「みんなは浴衣着ないのか？」

三人は普段の私服姿だった。

「浴衣？　うーん、別に……いいかな」

「暑いしねー」

「あっ、そう」

「勇《ゆう》さん、これあげます」

芽衣がおずおずとチョコバナナを差し出す。

「いいのか？」

「はい」

「ありがとうな」

「えへへ」

「はーい、お待たせー」

母が三人分のかき氷を作り終えた。それぞれかき氷を受け取る。

「じゃ、またあとでね」

未空たちを見送り、俺もテントの下に戻る。眞昼《まひる》に貰《もら》った焼きそばと芽衣に貰ったチョコバナナでエネルギーを補給した。出店を回るのは未夜たちが来てからにしよう。

人が増えてきたので、俺も接客に加わるか。

町内規模のお祭りなのでお客は決して多いとは言えないが、それでも忙しいことに変わりはない。

「はい、ありがとうね」

中学生ぐらいの女の子にイチゴ練乳のかき氷と釣銭を渡す。

「ありがとうございます」

屈託のない笑顔を見せ、少女は近くで待っていた男の子の下へ駆け足で急ぐ。カップルだろうか。それとも兄妹かな？　手を繋《つな》いでいるところを見るに、カップルと断定する。

「勇にぃ！」

「勇にぃ」

「ん？」

声が重なって聞こえた。見ると、浴衣姿の未夜《みや》と朝華が。

「おう、お前らか」

未夜は黒地に黄色い星が点々と並ぶ浴衣だ。夜空をイメージしたのだろう。黄色い帯の端っこに、黒い三日月が目立っている。髪を高いところで結い、簪《かんざし》を着けていた。

「勇にぃ、どうですか？」

朝華の浴衣は白地に赤い薔薇《ばら》の花がいくつも描かれている。少し胸元がはだけているのは暑いからだろうか。かき氷のような白い頰に、汗が一筋流れているのがなんとも煽情《せんじょう》的《てき》だ。

「二人とも似合ってんな」

「へへーん」

未夜は腰に手を当てて胸を反らす。

「ありがとうございます」

「そうだ、聞いたぞ未夜。お前、寝坊したんだってな」

「なっ!? だ、誰に聞いたの？」

「さっき未空ちゃんたちが来てな」

「い、いや別に、寝坊ったってね、そんながっつりってわけじゃ――」

「二時間半も待たされちゃいました。九時に集合って約束だったのに」

朝華は頬に手を当てて溜《た》め息《いき》をつく。

「朝華!? それ裏切りだよ？」

「うふふ」

「お前は全く……」

「違うの、昨日眠れなくってぇ」

「勇、休憩行ってきていいよ」

「おう。よし、行くか」

「勇にぃ聞いてる!?」

母の許可が下りたので、二人と一緒に祭りを回ることにした。

まず向かったのは龍石家が出している焼きそば店。

「眞昼、行こうよー」

未夜が声をかける。

「ああ、ちょっと待って。これ焼いたら……ほっ」

眞昼は袖を肩が露出するまでまくり、頭にはねじり鉢巻きを巻いている。気《き》っ風《ぷ》のいい姉御といった雰囲気で、夏祭りにぴったり合っていた。

「ママ、勇にぃたちと行ってきていい？」

「いいよ」

眞昼の母である明日香《あすか》さんが代わりにヘラを持つ。それにしても、相変わらず大きな人だ。

「よっしゃ行くか」

鉢巻きは外したが、袖はそのままだ。きっと暑いのだろう。まずはぶらぶらと出店を見て回る。

「あれ？　未空ちゃんたちじゃん」

眞昼が言った。

見ると、ヨーヨー釣りの店に未空、龍姫、芽衣の三人がいた。

「懐かしいなぁ。お前らもああやってヨーヨー釣りやってたな」

「勇にぃ、あれ見て。懐かしくない？」

未夜がある建物を指さす。

「おお、あれか」

それは外部業者によるお化け屋敷だった。町内会の祭りにしては本格的な作りだが、店番のお婆さんの眼力が一番ホラーな気がしないでもない。

入口に並んだ骸骨やろくろ首、からかさ小僧の人形が、ぎこちなく動いている。古い設備だからだろうが、そのぎこちなさが逆に不気味さを演出するのに一役買っていた。

「お前ら、あの時はよくも俺だけを一人で中に――」

「ははっ、そんなこともあったっけ」

「眞昼、忘れたとは言わせんぞ」

「あはは、まあとにかく、入ろうぜ」

「大人四人ね」

お婆さんに代金を払い、中へ入る。

薄闇に包まれた細い通路。

光源は天井から等間隔で吊《つ》るされた赤いランプの光だけ。内部は全くの無音で、俺たちの足音が無機質に反響するばかりである。

「な、なんか昔よりクオリティ上がってねーか？」

「み、未夜、歩きにくいって」

「だって～」

未夜は眞昼の背後に立ち、その腰に手を回している。

「眞昼、美味《おい》しい匂いする」

「ずっと焼きそば焼いてたからね」

「きゃっ」と朝華《あさか》が声を上げ、俺に抱き着いてきた。

「どど、どうした？」

「あそこの角に誰かいたような」

朝華は俺にくっついたまま離れようとしない。

「あたしもなんか動いたような気がしたよ」

四人で顔を見合わせ、慎重に歩みを進める。

こういう、来るかも、という心構えを強いるってことは……

日本的なホラーの脅かしってのは、緩急が肝だ。

まさか……

俺は意を決して角を曲がる。

が、やはりそこには何もない。

「どうした、勇にぃ」

「お前ら、ちょっといっせーのーで、で振り返るぞ」

「？」

「？」

「いっせーのっ」

「？」

振り向くと、そこには全身に包帯を巻いた男が無言で立っていた。

「ぎゃあああああ」

「きゃああああああ」

「きゃあああああああ」

「きゃあああああああ」

＊

「眞昼ぅ」

半泣き状態の未夜は眞昼の背中にくっついたまま離れない。

「未夜、いつまでひっついてんだよ」

「怖かったですねぇ」

朝華も恐怖がまだ残っているのか、俺の腕にしがみついたままだ。お化け屋敷を出た俺たちは近くの飲食スペースに腰を落ち着けた。

「小腹が空《す》きましたね。何か食べましょうか」

「そうだな」

近くの店で食べ物や飲み物を調達する。

「勇にぃ、ビールも売ってましたけど」

「ん、酒は夜になってからでいいよ」

俺はラムネで喉を潤し、ラーメンをすする。こういうイベント事にありがちな、くたくたになった麺とチープなスープのラーメンはなぜかしら美味《うま》く感じる。

普段の外食でこんなものを出されたら、はらわたが煮えくり返るに違いないが。

「あっ、眞昼《まひる》。チョコバナナは普通に食えよ？」

眞昼がチョコバナナを持っていたので俺は慌てて忠告する。

「普通じゃない食い方って何さ」

「え？　いやそれは言えないけど」

「？」

食事を終え、再び四人でぶらついた。そのうちひぐらしが鳴き始め、太陽の勢いも弱まっていく。

「じゃ、あたし、そろそろおばさんのとこに行くよ」

浴衣を借りるため、眞昼は祭りを一時抜けて春山《はるやま》家へ向かった。

俺もそろそろ店に戻らねば。

「じゃあ、七時にここでまた集合しようよ」

未夜が提案する。七時といえば、この祭りのメインイベントである花火が打ち上がり始める時間だ。

「そうだな」

そうして俺たちはいったん解散した。

俺は出店に戻り、せっせと労働に従事する。

そして午後六時三十分頃。

「ふう、ぼちぼちか」

花火目当てのお客が増えてきた。ただの町内規模の祭りなのに、公園内は人でごった返している。未夜たちとの約束まで時間はあるが、そろそろ行くとするか。

テントを出ようとした俺の服を、その時誰かが引っ張った。

＊

「勇《ゆう》にぃ、来なくない?」

花火まであと五分だというのに。

「そうだね」

「仕事が忙しいんじゃねーの」

「私、呼んでくる」

全く勇にぃは。

私がどれだけこの日を楽しみにしてたと思ってるんだか。

有月《ありつき》家のテントの下にはしかし、おじさんとおばさんしかいなかった。

「あら、未夜《みや》ちゃん」

おばさんは缶ビールを片手に焼き鳥を食べていた。

「おばさん、勇にぃは？」

「勇？　さっきまでいたけど」

行き違いになってしまったのだろうか。でもここに来るまで勇にぃとすれ違ってないし
……

「ん？」

その時、地面がやけに湿っていることに気づいた。まるでずぶ濡《ぬ》れの状態で誰かがそこを歩いたかのような……

不審に思い、私はその水の跡をたどる。その先は木々や植え込みが密集しているエリアで、小さな林のようになっている。

なんだかきゃっきゃと子供の声が聞こえてきた。木の陰からそっと様子を窺《うかが》う。

「誰かいるの——ぷぎゃっ」

弾力のある何かが私の顔面に直撃した。

「あっ、おねぇ」

この声は未空《みそら》だ。

「おい、未夜、大丈夫か」

勇にぃもいる。

「ちょっとちょっと、何やってんの」

足元に転がっているのは水の抜けたヨーヨー風船。こいつが私の顔に命中したのか。

「未夜さんもやります？」

ずぶ濡れになった龍姫《たつき》ちゃんが聞く。

「へ？」

「水風船合戦です」と芽衣《めい》ちゃん。こちらも頭のてっぺんから足の先までずぶ濡れだ。

「ちなみにさっき当てたのは勇さんだからね」

未空が言う。

「いやぁ、未夜、濡れなかったか？」

「う、うん。大丈夫。じゃなくて、何やってんの勇にぃ。そんなに濡れちゃってもう」

「いやー、未空ちゃんに誘われて、なんか懐かしくなってな」

「もうすぐ七時だよ」

「もうそんな時間か」

「花火始まっちゃうよ」

「悪い悪い」

「ほら、未空たちも」

「私たちはもうちょっと遊んでくからいい」

そう言って次の水風船を準備し始めた。

「終わったらちゃんと全部片づけるんだよ？」

「へーい」

「はい」

「はぁい」

「おっ、始まったな」

林から出ると、どん、と大きな音が鳴り響いた。

夜空に大輪が描かれる。

「おー、綺麗《きれい》だ」

「もう始まっちゃったじゃん。急ぐ」

飲食スペースの二人と合流する。

「おーい、勇にぃ」

「おっ、眞昼。浴衣に着替えたか」

「どう？」

「似合ってるぞ」

「へへ」

眞昼の浴衣は赤地に白い金魚が泳ぐ風流な趣だが、胸の辺りがめちゃくちゃ苦しそうなのは私の気のせいか？

「はい、勇にぃ、おビール」

朝華《あさか》が缶ビールを勇にぃに手渡す。

「おお、サンキュって、なんでこんなたくさん酒があるんだ」

「おば様が勇にぃへの差し入れに持ってきてくれたんです」

「こんな飲めねぇってのに。あっ、お前らはまだ飲んじゃ駄目だからな」

「分かってるって。食い物もいっぱいあるぜ」

眞昼が言った。ついさっきみんなで食べ物の買い出しに行ったのだ。私たちは空いてるスペースに腰を下ろす。

「どっこらせっと。こりゃ綺麗な花火だ」

「全く勇にぃは。最初の一発は四人で見たかったのに」

私がそう言うと、勇にぃはニカっと笑って、

「まあまあ落ち着けよ。また来年もあんだからよ」

「……全く勇にぃは」

幾度も夢に見た四人で眺める花火大会。遠い思い出の花火に、目の前の花火が重なった。

2

頭の上で花火が咲き乱れる。その度に辺りから歓声が上がり、夏の夜を盛り上げていく。

「綺麗だなー」

うちわで扇《あお》ぎながら、眞昼は空を見上げた。普段は活発な彼女も、うちわを片手に浴衣を着ている姿は艶《あで》やかで絵になっている。コーラの缶に口を付ける様も、いつもより色っぽい気がする。

「ああ、綺麗だ」

「勇にぃ、今眞昼のこと見ながら言わなかった？」

未夜がじろりとこちらを睨《にら》む。

「ああ？　ばっか、そんなことあるか」

「ふーん、あたし綺麗じゃないんだ」

そう言って眞昼は俯《うつむ》いてしまった。

「いや、そういう意味じゃなくてな。みんな浴衣が似合ってて綺麗だぞ」

「くくく、からかってみただけだよ」

眞昼は笑いを堪《こら》えるように口元をうちわで隠した。

「この野郎……」

一杯食わされ、俺は顔が熱くなる。

「勇にぃ、はい」

朝華がお酌をしてくれた。とっとっと、とビールが泡を押し上げながら注《つ》がれていく。

「サンキュー」

絶えず鳴り響く痛快な破裂音。盛大に開花した夜の花はぱらぱらと淡い光になって散らばり、また新しい花火によって上書きされる。

「未夜、垂れてる垂れてる」

眞昼が声を飛ばす。未夜の持っていたアイスが溶けていたのだ。それに気づかないほど花火に夢中になっていたらしい。

「わわっ……セーフ」

未夜は急いで垂れたところを舐《な》め取った。

「未夜ちゃんも何か飲む？」

「ん、じゃあ麦茶」

「はい。そうだ、勇《ゆう》にぃ、ちょっといいですか？」

打ち上げ花火の第一陣が終わったところで朝華が切り出した。なんだか神妙な面持ちである。

「ん？」

「実はさっき二人には話したんですけど」

未夜に麦茶の缶を渡すと、朝華は俺の横にちょこんと座った。

「なんだなんだ、改まって」

「いえ、そんな真面目な話じゃないんです。来週辺りで、うちの別荘に遊びに行きませんか？」

来週、八月の最終週だ。

「いいけど。あっ、湘南《しようなん》のとこか？」

「はい。夏休みもあと少しですし、みんなで思い出作りをしたくて」

「そりゃいいな」

海の見える別荘で夏の最後の思い出作りか。前に朝華に会いに訪れたのはもうひと月以上前だったな。あの時はさわやかな初夏だったが、夏のピークでは趣も異なるだろう。

「そういや、まだ四人で海には行ってなかったな」

キャンプ、プール、登山に夏祭りと、夏を遊びつくしたと思っていたが、まだ真打ちが残っていた。

夏といえば海、海といえば夏。

「いいじゃんか」

「あそこの海、ちょー綺麗なんだよねぇ」と未夜《みや》。

「勇にぃは前に行ったことあったんだっけ？」

眞昼《まひる》が聞く。

「ああ。夏休み前に朝華に会いに行った時な。その時は華吉《はなよし》さんも一緒で――」

「別荘？　私も行きたいー」

と、そこへ未空が割り込んできた。水風船合戦は終わったらしく、びしょ濡《ぬ》れのTシャツ姿である。

「ちょっ、未空、濡れたままじゃん」

「いいじゃん、どうせすぐ乾くし。それより、朝華ちゃん、私も行きたい」

「いいよ。未空ちゃんも来る？」

「え、いいの？」と未夜が眉をひそめる。

「わーい」

「いいよー、未空《みそら》はうるさいだけだし」

「うるさいのはおねぇでしょ」

「なんですって」

「まあまあ、未夜ちゃん。未空ちゃんだけじゃなくて、おじさんとおばさんもお誘いする予定だったし」

「え⁉　お父さんとお母さんも？」

「うん、眞昼ちゃんのところはどう？」

「うち？　うちはどうかなー」

なんだなんだ？　てっきり、キャンプの時のように四人だけだと思ったが、だいぶ人数を集めるつもりのようだ。

「朝華、俺たちだけじゃないのか？」

「はい。勇にぃのところも、おじさまとおばさまをぜひ」

「うちの父さんと母さんもか？」

「はい。大勢で集まった方が楽しいですから」

これはまた大所帯になりそうだ。あの別荘は大きかったので、人数的な問題はないとは思うが。

「ねーねー、朝華ちゃん、龍姫《たつき》と芽衣《めい》も呼んでいい？」

「こらっ、未空、調子に乗るんじゃ――」

「いいよ」と朝華は二つ返事でオーケーする。

「わーい」

未空はばんざいをし、龍姫と芽衣の下へ駆けていく。

「い、いいの？　朝華？」

未夜は困惑した顔をする。

「うん」

朝華はにこやかに微笑《ほほえ》みを返した。

「まあ、朝華がいいなら私もいいんだけど」

「あとでおじさんとおばさんにも相談してみてね」

「うん、分かった」

「おっ、始まったよー」

眞昼が声を上げた。

再び空に花火が描かれる。

第二陣が始まったところで疲れ顔の光《ひかり》がやってきた。

「いやぁ、疲れたぁ」

「下村《しもむら》、お疲れだな」

「もう今日は朝からあっちこっち回ってくたくただよ」

光の父は町内会長を務めており、光も今回の祭りの運営側として各出店の手伝いや打ち上げ花火の準備、業者との打ち合わせなど、大忙しだったという。

「大変だったな」

「大変なんてもんじゃないって。このあとのビンゴ大会の司会もやんなきゃだし」

「光さん、ビールでいいですか？」

朝華が俺と光の間に割って入り、コップを光に手渡した。

「朝華ちゃんありがとー」

注がれたビールを一息に飲み干す。

「ぷはぁ、女子高生にお酌してもらえるなんて最高だねぇ」

「おっさん臭ぇぞ」

「うるさい、有月《ありつき》くん」

「うふふ」

朝華は二杯目を注ぐ。

「ねぇねぇ、ママ」と龍姫が光に飛びつく。

「わっ、どうしたの龍姫……って、なんでそんな濡れてるの！」

「えへへ、さっき水風船合戦してた」

「全くもう。ちゃんと片づけた？」

「片づけたよー。あのね、朝華《あさか》ちゃんがね」

と、別荘の招待の件を話題にあげる。

「それで、私と未空と芽衣も行っていいって」

「ええ、そんな悪いよ朝華ちゃん」

「いいんです。よろしければ、光さんもどうですか？」

「私も？」

「人数は多い方が楽しいですから」

「えー、うーん」

二杯目を飲みながら、光は悩むそぶりを見せる。

「ねー、いいでしょー」

龍姫が母親の肩を揺さぶる。その後ろで、未空と芽衣はＳｗｉ◯ｃｈで遊んでいた。

「はぁ!? なんでそこできゅうしょに当たるの？」

「へっへ～。あと一匹」

少し離れたところでは、母と父が春山《はるやま》夫婦と歓談をしながら酒を酌《く》み交わしていた。各所がわいわいと賑《にぎ》わっていて、こういう一体感のある喧騒《けんそう》はなんだか居心地がいい。

「なぁなぁ、海でバーベキューしようぜ」

眞昼が言う。

「水着も持ってこうね」

未夜が言った。

「あとでみんなの都合がいい日を教えてね」

朝華は穏やかな笑みを浮かべた。

夏の最後にみんなで海辺の別荘に小旅行か。これはいい思い出になりそうだ。

3

「ナイッサー」

体育館に充満する乙女たちの熱気と掛け声。コートを行き交うボールに、シューズの擦《こす》れる音。

「いいよ、声出してこう」

「はーい」

今日も朝から練習だ。

昨晩は遅くまで夏祭りを楽しんだけれど、切り替えはしっかりしないと。

ボールに向けて腕を振り抜く感覚、手に残る痺《しび》れ、やっぱりあたし、バレーが好きだなぁ。

そうして夕方までみっちり練習した。シャワーを浴び、ジャージに着替えて部室に向かう最中、監督に呼び止められた。

「おい、龍石《りゅうしゃく》」

体育館の入口で監督が手招きをしていた。

「ちょっと来い」

「はーい」

なんだろう。

小走りで向かう。

「なんですか?」

「ちょっと来てくれ。あんまり時間は取らせないから」

「はぁ」

よく分からないまま、監督の後ろを歩いていく。あたし一人だけを呼び出すということはミーティングではなさそうだ。今日の練習で気になることがあったのだろうか。でもそれならわざわざ場所を変える必要もないのに。

やがてあたしたちは渡り廊下を抜け、校舎内に入った。

「こっちだ」

そう言って監督が入っていったのは応接室だった。ふかふかの赤い絨毯《じゅうたん》に黒光りするソファー。適度に利いた空調が心地いい。

恐る恐る中に入ると、そこにはすでに二人の男の人がソファーに座って待っていた。

線の細い初老の男の人と、ごま塩頭で小太りの中年の男の人だ。どちらも当然知らない顔である。

あたしたちが入室すると、二人は揃《そろ》って立ち上がり、笑顔を見せた。

「どうも。初めまして」

「初めまして」

「えと、どうも」

あたしは一応会釈をする。

対面のソファーに監督と並んで座り、二人を紹介される。

「こちら、熊本エンプレスの狩野《かのう》さんと吉村《よしむら》さん。龍石に大事な話があるそうだ」

二人から名刺を貰《もら》う。初老の方が狩野、中年の方が吉村というらしい。

「熊本エンプレスって……？」

「Vリーグだよ。今日の練習をずっと見ていただいていたんだ」

そう言えば、二人連れの男の人がたまに体育館の隅にいたような。

「あの、これってもしかして……」

「よかったな。プロリーグからスカウトされるなんて」

「ははっ、まだリーグ全体としてはセミプロですがね」

狩野さんがぎこちなく笑う。

「えと」

あまりに突然のことに、あたしの脳みそはシェイクされたかのように思考がこんがらがっている。

スカウト?

あたしが?

「ちょ、どういうことですか?」

「そのままの意味だよ」と吉村さんが言う。

酒に焼けたガラガラ声だ。

「眞昼《まひる》ちゃんのことは二年前のインターハイの時から注目してたんだ。一年生ながら、ウィングスパイカーとして怒濤《どとう》の活躍。去年はちょっと残念だったけど、今年の春高でも存在感が光ってたね」

去年は力及ばず、いずれの大会でも結果を残せなかった。それなのにスカウトの目に留まるなんて、運がいい。

「あはは、それはどうもありがとうございます」

嬉《うれ》しい気持ちと困惑した気持ちが半々だ。

進路に関しては、もう進みたい道が半ば決まっていたのだが、実業団にスカウトされるなんて、一生に一度あるかないかのチャンスだ。話を聞くだけならいいかもしれない。

「うちは熊本県熊本市のベアーズ電子という会社が運営していて――」

「く、熊本ですか!?」

「おいおい、最初におっしゃっていただろう」

監督が横から注意する。

「そうでしたっけ、すいません」

「それにいいじゃないか。熊本はお母様の実家だろう?」

「それは、そうですけど」

「そりゃあ都合がいいね」

吉村さんはがははと笑う。

「眞昼ちゃんみたいに才能があって可愛《かわい》くて若い子は人気が出るよ。映えるからね。うちでしっかり経験を積めば、ゆくゆくは日本代表に選ばれることだって十分あり得る」

「あはは」

あたしは愛想笑いを返す。この吉村という男、さっきからちょいちょいあたしの胸をチラ見してきやがる。

「それに、うちには龍石ちゃんの先輩もいるしね」

「……はぁ」

「華山小春《はなやまこはる》。知ってるだろ？」

「えぇ……あっ」

うちの女子バレー部のOGで日本代表にも選ばれた華山小春は九州のチームに所属していると聞いていたが、まさかそのチームが熊本エンプレスだったとは。

狩野さんがしわがれた声で、

「何も今すぐ決めてくれ、という話ではありません。今日は正式に打診のお話を持ってきたという次第で、龍石さんの将来の選択肢の一つとして、加えていただければ幸いです。吉村くん」

「はい。それで、まずはチームの説明からしようか。うちは発足から十五年の――」

狩野さんと吉村さんが説明する間、あたしは一つのことばかりに気を取られていて、話の内容はほとんど頭に入ってこなかった。

話が終わり、帰路につく。

小学校六年生から始めたバレーボール。コンプレックスだった大きな身長を活《い》かすことができて、すぐに夢中になった。ボールを打つのは気持ちがいいし、相手のスパイクをブロックするのも楽しい。

テレビの画面の中で活躍する日本代表の選手たちは、憧れの存在だった。

でも……

熊本、か。

ママの生まれ故郷であたしも今まで何度も帰省したことがあるし、あたしにとっては第二の故郷のようなものだ。

ただ熊本のチームに入るということは生活もそこでしなくちゃいけないわけで、そうしたら当然……

無意識のうちに、あたしの足は〈ムーンナイトテラス〉に向かっていた。

店に入るなり、勇《ゆう》にぃが出迎えてくれた。

「おう眞昼、部活帰りか？」

「うん」

「なんだ、なんか元気ねぇな」

「そんなことないし。疲れてるだけだよ」

「じゃあ今日はがっつりしたもんでも食いに行くか」

「……うん」

「ほれ、コーラ」

「ありがと」

飲みなれたコーラを一口飲む。甘みと一緒に、なぜか苦みを感じた気がした。

「ねぇ、勇にぃ」

「あん？」

「あ、いや、なんでもない」

「そうか？」

この時点で、あたしの中で答えはほぼ固まっていた。ようやく手にした勇にぃのいる日常。それを手放してまで、バレーを続けたいとは思わない。

「うん、ないな」

「なんの話だ？」

「へへっ、なんでもない」

もう後悔して涙を流すのは嫌だ。人生はやりたいことをやって、後悔のないように生きないとね。

クソガキはハメたい

1

「おらぁっ、勇にぃ」

「勇にぃ」

「おわぁっ」

ドアが勢いよく開かれ、眞昼が乗り込んできた。その後ろには朝華《あさか》の姿もある。俺は読書をしていた手を止めて、眞昼に向き直る。

「お前らか。なんだいきなり」

「今日は未夜《みや》の家で遊ぶぞ」

「遊びましょう」

「分かったから服を引っ張るな」

「何を読んでたんだ？」

眞昼は俺の手元を覗《のぞ》き込む。

「うわっ、字ばっかりだ」

「細かいです」

「推理小説《ミステリ》だよ」

「そんな字ばっかりの読んで面白いのか？」

「字だけだからこそ想像が膨らむんだろうが」

「絶対漫画のが面白いし」

「眞昼ちゃん――」

朝華が眞昼の耳元で何かを囁《ささや》くが、聞き取れなかった。

「いいかぁ、小説ってのはなぁ、自分の脳が文字を映像に変換する――」

「そんなことはどうでもいいから」

「早く行きましょう」

「お前らが聞いてきたくせに」

やれやれ。

今日は珍しくクソガキたちが遊びに来ないから静かに読書をしながら過ごせると思っていたのに。長袖のシャツに短パンといったボーイッシュな格好の眞昼は、ばたばたと忙《せわ》しなく階段を下りていく。

「早く早くー」

「走ってください」

「やけにテンションが高いな」

というより、なんだか急いでいるような……？

「眞昼ちゃん、朝華ちゃん、コーラ持ってきなー」

「ありがとー、おばさん」

「ありがとうございます」

「勇にぃ、持ってて」

「はいはい」

母からペットボトルのコーラを三本受け取り、店を出る。

そして俺たちは隣の春山《はるやま》家へ。

駐車場にミニバンがないところを見ると、未来《みく》さんは出かけているようだ。時間的に買い物だろうか。

「お邪魔するぜ……！」

中に入るや否や、とんでもない光景が目に入った。

全身の血の気が一気に引いていく。

階段の真下で、未夜がうつ伏せに倒れていた。茶色い髪の毛の一部が赤く染まり、毒々しい血だまりが床に広がっていた。

「え？　おい、未夜？」

「きゃあー」

眞昼《まひる》と朝華が同時に声を上げる。その悲鳴を受け、俺はコーラを放り投げて未夜のもとに駆け付けた。

「未夜、大丈夫か？」

返事はない。

階段から転げ落ちたのか？

こういう時は下手に動かさない方がいい。

まずは警察……じゃない、救急車を呼ばなくては。手が震え、思うようにスマホを操作できない。

最悪の状況が脳裏をかすめる。これまでの未夜との思い出が走馬灯のように浮かんでは消える。

赤ん坊だった未夜を初めて抱っこした時のドキドキ。物心がつき、俺の後ろをついて回るようになり、そしてクソガキへと成長して……

「未夜、大丈夫だぞ。すぐに救急車を呼んでやるからな……」

俺がそう呟《つぶや》くのとほぼ同時に、

「ぷく、ぷくくく」

未夜の体が小刻みに震えた。

「え？　み、未夜？」

未夜はけろっと起き上がる。

「おま、起き上がって大丈夫なのか？」

「へっちゃらなのさー」

顔の左半分を真っ赤に染め上げた未夜はくるりとその場で一回転してみせる。大けがをしているようには見えない。

「な、なんだ？　どういうことだ？」

状況が全く理解できない。

未夜が無事でよかったが、これはいったい……

その時、俺の肩を誰かが叩《たた》いた。

振り向くと、眞昼と朝華がにやつきながらあるものを見せた。それは段ボール製のプラカードで、折り紙を切り貼りして作った文字が記されていた。

『だいせいこう』

「は？」

「てってれー」

「てってれー」

三人は声を揃《そろ》える。

「引っかかったー」

未夜はばんざいをする。

「勇にぃもまだまだだな」

「勇にぃ、びっくりしました？」

こ、このクソガキども。ハメやがったな。

「びっくりしました、じゃねぇ。何やってんだお前ら」

「ドッキリだぞ」

眞昼はプラカードをふりふりする。

「昨日テレビでやってました」

「ドッキリだぁ？」

「騙《だま》された人グランプリってやつ」

そういや昨日の夜にそんなドッキリ特番が放送されていたっけ。

「ねぇねぇ、びっくりしたー？　ほんとに死んだと思ったー？」

「未夜、その赤いのはなんだ？」

「これ？　ケチャップだよ」

　この馬鹿、洋服にまで赤い染みをつけてやがる。これは未来さんが帰ってきたら雷が落ちるぞ。それにしてもドッキリ番組に影響されて、実際にドッキリをやってみる行動力と無謀さが恐ろしい。改めてこいつらがクソガキであることを認識する。

　まさか人生でドッキリをかけられる日が来るとは。まだ少しドキドキしてるぜ。

「未夜、さっさと風呂でそれ落としてこい。眞昼と朝華は掃除を手伝え。未来さんが帰ってくる前に片さねーと絶対怒られるぞ」

「はーい」

「はーい」

「はーい」

　未夜は浴室へ向かった。

「ったく、心臓に悪い」

　雑巾で床の血だまり――もといケチャップを拭き取る。じっくり観察してみると、たしかにこれはケチャップだ。粘度があり、色合いも鮮やかすぎる。ドッキリだと分かった上で見てみれば、全く血には見えない。

　動転していたがゆえに誤認してしまったのか。無駄に手をかけやがって。

「勇《ゆう》にぃ、タオル取ってー」

未夜の声が浴室から聞こえた。

「ちょっと待ってろ」

未夜の部屋に行き、バスタオルを手に取る。

「ほらよ。あん？」

脱衣所に未夜の姿はなかった。風呂場の方かと思ったが、そちらにもいない。

「未夜？」

その時、

「わっ」

「おわっ」

背後から未夜が飛び出てきた。ドアの陰に隠れていたようだ。体も拭かず、全身びしょ濡《ぬ》れのままだ。

「てってれー」

「てってれー」

そして眞昼と朝華が戸口に立って例のプラカードを掲げる。

「あはははは、驚いたでしょ」

「いいからさっさと体拭け」

俺は未夜《みや》の顔にタオルをかぶせる。

「へへ」

そうして調子に乗ったクソガキどもは俺にドッキリを仕掛け続けた。

「勇にぃ、ガムいりますか？」

朝華《あさか》が板ガムを差し出す。

ある程度の予想はつきつつ、俺は恐る恐るガムに手を伸ばす。

引き抜くや否や、パチン、と軽快な音が鳴る。

「痛ぇ！」

バネに親指が挟まれる。

「てってれー」

「てってれー」

「てってれー」

＊

「勇にぃ、この箱開けてみて」

未夜は白い箱を両手に乗せている。

三人の期待に満ちた目が俺に集まる。

「やだよ」

「開けてよー、絶対大丈夫だから」

大丈夫だから、と口にする時点で大丈夫じゃないだろうが。

「ねぇねぇ、お願い。一生のお願い」

「お前の一生のお願いは十回以上聞いたぞ。しょうがねぇな」

嫌な予感がしつつも俺はそれを開けてみる。

――と、

「うわぁっ!!」

腰が抜けた。

中には黒光りする悪魔が潜んでいたのだ。

「てってれー」

「てってれー」

「てってれー」

「ちなみにこれフィギュアだよ」

未夜が摘《つ》まみ上げた。

「早くしまえ」

＊

「勇にぃ、これ食べていいぞ」

眞昼がシュークリームを皿に乗せた。

「いらん」

「美味《おい》しいぞ、シュークリーム」

「じゃあ眞昼にあげるよ。食っていいぞ」

「え、い、いや、あたしはもう食べたし……」

「美味しいから食べなよ」

「美味しいですよ」

未夜と朝華が横から俺を挟む。未夜の方は後ろ手にプラカードをスタンバイしていた。表情からわくわくが隠しきれていない。やるならもっと上手《うま》くやれ。もうすでにワサビがはみ出てんだよ！

「あー、糞《くそ》。しょうがねぇ」

俺はできるだけ外側の生地を小さく齧《かじ》った。

その瞬間、口の中が爆発した。

「ぐああああああ」

「てってれー」

「てってれー」

「てってれー」

2

「いやー楽しかった」

「勇にぃって、ほんと騙されやすいよなー」

「勇にぃ、楽しかったですか？」

楽しいわけねぇだろうが。調子に乗りやがって、クソガキどもが。

……そうだ。

俺の脳みそにひらめきが降りてきた。

「そろそろ別の遊びしよー」

未夜が提案する。

「ゲームしようぜ、ゲーム」と眞昼《まひる》。

「くっくっく。ちょっと一回家に戻るから」

「なんでだ？」

眞昼が聞く。

「ちょっと忘れ物をな」

「ダッシュで行ってね」

未夜がゲームの準備をしながら言った。

「おう」

俺は我が家に戻り、クローゼットである物を探す。子供の頃の玩具《おもちゃ》は、たしかこの辺にまとめてあるはず……

「あったあった」

そして俺はキッチンに急ぐ。クソガキどもめ、さんざん人をコケにしてくれたな。今度はこっちからドッキリを仕掛けてやるぜ。

「ふう、お待たせお待たせ」

「遅いぞ」

「悪い悪い」

「勇にぃ、はいコントローラー」

朝華が隣に座る。

「サンキュー」

「そうそう、実は家の中でこんなものを見つけてな」

俺はポケットから例のブツを取り出す。

「きゃっ、ナイフですか？」

朝華が弱弱しい声を出す。

それは玩具のナイフだった。刃先を押すと柄の中に収納されるギミックがあり、突き刺す真似《まね》をして遊べるのだ。

「安心しろ、朝華。あれは玩具だ。びっくりさせようったって、そうはいかないぞ」

そう言って眞昼は鼻で笑ってみせる。

「なんだ知ってたか。ほれ」

「きゃっ、あれ？　刺さりませんね」

朝華の二の腕に突き立てると、刃はするすると柄の中に収まっていく。

「だろ？」

「私にも貸してー」

「ほれ」

クソガキたちは新しい玩具に興味津々のようだ。やがて、予想通りナイフを俺に向け始める。よしよし、いい流れだ。

「えい、えい」

「未夜ちゃん、今度は私にも」

「はい」

「あははは」

朝華は笑いながら俺の背中に突き立ててくる。いいぞ、あとはあそこに命中してくれれば。

くっくっく。

右の脇腹に、血糊《ちのり》の入った小袋を仕込んであるのだ。ナイフを刺した瞬間、血糊が隙間から押し出されるという仕掛けだ。ケチャップとコーヒーを混ぜて作ったため、けっこうリアルな色合いである。

さあ、刺せ。

そして飛び出る血糊に驚愕《きようがく》しろ。

「えい、えい」

なかなか命中しないな。少し体の角度をずらしてやるか。

その時、

「朝華、そんな強くやったら勇にぃ痛がるだろ」

眞昼が少し強い調子で注意した。朝華はこれを受けて、ちょっとムッとする。

「眞昼ちゃんだって、いつも勇にぃのこと叩《たた》いてるじゃん」

「あたしはいいんだ」

「何それ」

「おいおい、お前ら仲良く……」

「朝華が悪いんだろ」

「眞昼ちゃんだって」

なだめようとするが、二人は聞かず、やがて取っ組み合いの喧嘩《けんか》を始めてしまった。

「やめろ、喧嘩すんなって」

普段姉妹のように仲良しなだけに、こいつらの喧嘩を見るのはこれが初めてだった。

「馬鹿！」

「馬鹿って言った方が馬鹿なんだよ」

「あっ、朝華も馬鹿って言った」

「はぁ？　何それ」

「やめろ」

間に入って二人を離そうと試みたその時、

「いいかげんにしろって、あ？」

視界に未夜が入ってきた。プラカードを手に、ぷるぷる体を震わせている。

「ぷくく、勇《ゆう》にぃ、また騙《だま》されてる」

「また？　はっ！」

ま、まさか。

床を転げ回っていた眞昼と朝華《あさか》もぷっと吹き出し、やがて大笑いを始めた。

「あはははは」

「えへへへへ」

二人は立ち上がり、仲良く手を繋《つな》ぐ。

「朝華、痛くなかった？」

「うん、大丈夫」

「お、お前ら、またハメやがったな……」

俺が家に戻った隙に打ち合わせたのか。

「てってれー」

「てってれー」

「てってれー」

くっ、完敗だ。

クソガキと焼き芋

秋といえば、何を思い浮かべるだろう。

スポーツの秋？

読書の秋？

湿度や熱気に邪魔されず、爽やかな秋晴れの下で行う運動の気持ちのいいこと。虫たちの奏でる音色に耳を澄ませ、秋の長い夜に本を読むのもいい。

気温も下がり、快適に過ごせるこの季節。何をやっても楽しいものである。スポーツや読書もいいが、やはりここは食欲ではなかろうか。

聞いた話では、科学的にもそれは証明されているという。

夏が終わり、日照時間の少ない秋になると、日を浴びることで分泌されるセロトニンという脳内物質が不足する。このセロトニンという物質は物を食べることで手っ取り早く分泌させることができるようで、人はセロトニンが欠乏状態になると、食欲が増すらしい。

それは抜きにしても、秋は美味しいもので溢《あふ》れている。

秋刀魚《さんま》、マツタケ、マイタケ、戻り鰹《もどりがつお》、栗《くり》に秋鮭《あきざけ》、そしてさつまいも……

おや？

どうやらクソガキたちも食欲の秋を楽しむつもりのようですね。

さつまいもをわんさか持って……

＊

秋といえばやはり読書の秋だろう。

俺はリビングのこたつに入り、ミステリの文庫本を読んでいた。

暖かい空間で温かいコーヒーを飲みながら心ゆくまで書に没頭する。それが正しい秋の休日の過ごし方だ。というか、そろそろ冬も間近に迫り、外はすっかり冷え込んでいる。

やはりこんな日は屋内でぬくぬくするに限るぜ。俺はミルク多めのコーヒーを口に運び、ページをめくる。しかし、そんな平和な時間が長く続くはずもなく――

「……！」

どたどたと足音が聞こえる。やれやれ、あいつらが来やがったか。

「勇にぃ」

「勇にぃ」

「勇にぃ」

「なんだおめぇらそんなに急いで――」

未夜《みや》の持っているものを目にした瞬間、俺の背筋に悪寒が走った。

「にひひひ」

「おい、なんだ未夜それは。何しに来た！」

未夜の腕よりも太く、顔よりも長い。がっちりと反り返った赤紫色の悪魔。さつまいもである。下半身にあの強烈な痛みがフラッシュバックする。

あの大きさ、間違いない。あれは先日俺に突き刺さったさつまいもだ。

「これ？　さつまいもじゃん」

「ひぃっ、やめろ、先端をこっちに向けるな」

無理やりこじ開けられるような、あの圧迫感が蘇《よみがえ》る。

「大丈夫だって、もう転ばないし」

そうは言いながらも、未夜はちょっと重そうである。危なっかしくて見ていられない。

「勇にぃ、今日は焼き芋をやりますよ」

朝華が俺の横に来て手を引っ張る。

「こたつから出ろ」

眞昼《まひる》が反対側に来る。

この二人はさつまいもを持っていないのでひとまず安心だ。

「焼き芋だぁ？」

「じゅくせーが終わったから、食べていいっておばさんが言ってたぞ」

眞昼が説明する。さつまいもは収穫してすぐに食べるよりも、一定期間寝かせておいた方が甘くなるというのだ。

「分かった、分かったから」

俺は未夜と向かい合わせになりながら立ち上がり、壁に背中を付ける。

「何やってんだ勇にぃ、スパイみたいです」

「いいから、お前らから先に行け」

そうしてクソガキたちを先に階段に誘導する。俺は壁に背面を密着させたまま、そろりそろりとそのあとをついていった。

テラス席に出る。

「おお、さぶ」

秋風はすでに冬の寒さを孕《はら》んでおり、身がきゅっと縮こまる。

「おばさん、勇にぃ連れてきたよ」

母はテラス席の右端にいた。何をやっているのかと思えば、焚《た》き火《び》台の準備をしている。

「あっ、勇来た？」

「おー、あったけぇ」

網の下で炭が赤く燃えている。手をかざすとじんわり暖かい。

テーブルの上にはさつまいもやアルミホイル、新聞紙の束などが置かれている。足元には水がたっぷり入ったバケツが。

「おばさん、どうやって焼くんだ?」

「あっ、眞昼ちゃん、素のまま置いちゃだめよ。まずは新聞紙で包んで」

「こう?」

三人は新聞紙でさつまいもをくるみ始める。

「あっ、この大物は勇にぃのね」

思い出したように未夜が例の巨大さつまいもを俺に手渡す。

「一番デカいのを俺が貰《もら》っていいのか?」

「う、うん」

「よかったな、勇にぃ」

「う、羨ましいですー」

「?」

手に持ってみるとずっしり重く、ガチガチに硬い。バナナのように反り返り、表面はデコボコしている。たかが芋のくせに、尋常ではない存在感を放っていやがる。こんなものを突き立てられて、よく俺のケツは無事だったたな。

「おばさん、終わったよ」

未夜が言う。

「じゃあ次は、そこのバケツの水にぽちゃんとつけて」

「えっ、濡《ぬ》らすのか？」

眞昼がぎょっとして声を上げる。

「焼くんじゃないんですか？」

「いいからいいから」

母は新聞紙で包んださつまいもを水につける。それを見て、クソガキたちも恐る恐るバケツにさつまいもを入れた。そして、しなっとなった新聞紙の上から、アルミホイルでさらにくるむ。

「そしたら今度はアルミホイルで包んで――」

なるほど。事前に濡らしておけば、焼く際に水分が蒸発し、中で蒸し焼き状態になるのか。

「できた？」

「できたー」

「できた！」

「できました」

「じゃあ、いよいよ焼くわよー」

母はトングを使って網の上にさつまいもを並べていく。その様子をわくわくした目でクソガキたちは見守っていた。

「どれぐらい焼くの？」

未夜が尋ねる。

「そうねぇ、だいたい三十分くらいかしら。じゃ、私は仕事に戻るから、勇《ゆう》、あとは任せるからね」

「はいはい」

母からトングと軍手を受け取り、俺は焼き係に就任した。

俺たちはしゃがみ込んで焚き火台を取り囲む。

「勇にぃ、まだ？」

「未夜ちゃん、まだ五分しか経《た》ってないよ」

「なんか、寒くなってきた」

眞昼は肘を抱いて体を震わせた。

今日は特に冷える。晴れてはいるものの、吹く風は冷たく、空気も乾燥していた。いくら火を囲んでいるとはいえ、長時間寒空の下でじっとしているのは辛《つら》い。

強い風が吹きつけてきた。

「くしゅんっ、勇にぃ、あとは任せた」

そう言って眞昼は立ち上がる。

「ああ？」

「できたら呼んで」

「ちょっと待てこら」

「末夜、朝華《あさか》、ゲームしよう」

「うん」

「うん」

そうしてクソガキたちは店内に入っていく。

「あのクソガキども……」

お前らが焼き芋食べたいって言い出したんじゃねぇのか。それを人に任せて自分たちはあったかい屋内で出来上がるのを待つだぁ？

いいご身分じゃねぇか。

今に天罰が下るぞ。

「ったく」

俺は一人でさつまいもを焼き続けることに。焼き始めてから十五分ほど経ったのでひっくり返し、反対側を焼く。時折、パチパチと音が鳴った。

それにしても焼き芋なんて久しぶりだな。

カブスカウトに所属していた時、ハイキングの締めに富士川の河川敷で焼き芋を作ったっけ。

そろそろいいか。

俺は焼き芋をテーブルの上の皿に移し、火を消した。

「あちっ、あちっ」

アルミホイルを剝がすと全体が真っ黒に焦げており、焼き過ぎてしまったか、と心配になったが、これは新聞紙が焦げただけだと気づく。

黒い焦げを全て払い落とし、半分に割ってみる。

「おお」

中は黄色とオレンジ色の中間の色合いで、ほっとするような甘い香りが湯気と共に立ち上る。

「美味《うま》そうだ」

あいつらを呼ぶ前に、一番乗りで食ってやるか。このクソ寒い中で焼き係を務めたんだから、それくらいの役得がないとな。

その時、見慣れた顔が店の前を通りかかった。

「あれ？　有月《ありつき》くん」

「なんだ下村《しもむら》か」

光《ひかり》だった。白いセーターに赤と黒のチェック柄のミニスカートといった、暖かいのか寒いのかよく分からない服装である。

「あれぇ、何それ何それ」

「焼き芋だよ、見りゃ分かんだろ」

「へぇ」

光はじっと俺の手元を見つめる。

「ふーん」

「……食うか？」

「いいの!?」

「目が寄こせって言ってたぞ」

「えへへ」

半分に割った焼き芋を光に渡す。

「うわぁ、美味《おい》しそう。有月くんが焼いたの？」

「クソガキたちに焼かされてたんだよ」

「相変わらず面倒見がいいねぇ」

「そういうんじゃねえって」

「いっただきまーす」

俺も食うか。

さつまいもにかぶりつく。口いっぱいに暖かい甘みが広がり、体が温まる。

「美味しぃー！」

「我ながらいい出来だ」

「それにしてもこのお芋おっきいねぇ」

その時、

「あっ、勇にぃ、出来てるなら呼べーー！」

眞昼《まひる》がテラス席に出てきた。

「未夜《みや》、朝華、もう出来てるー」

遅れて二人がやってくる。

「あれ、光だ」と眞昼。

「やっ」

光は片手を上げて、

「お先にいただいてるよ」

「あれ、光ちゃん、もしかしてそれって」

未夜が青ざめた顔をする。

「もしかして、勇にぃのお芋を貰っちゃったんですか……？」

朝華も顔を強張《こわば》らせる。

「え？　何？　なんかまずかった？」

光は最後の一切れを口に収める。

「だってそれって」

「？」

三人は顔を見合わせ、未夜が言いにくそうに口を開いた。

「勇にぃのお尻に入ってたやつだよ？」

「ぶほっ」

光は芋を吹き出す。

「おい待てこら未夜、日本語は正しく使え」

入ってた、じゃなくてお前が突き刺したんだろうが。そもそもズボンでガードされてたから中には入ってねぇ！

「有月くん？」

「違うんだ、誤解なんだ。未夜が転んだ拍子に――」

「さつまいもでいったい何を……？」

「話を聞けって」

「いただきまーす」

「いただきまーす」

「いただきまーす」

「お前ら、芋を食う前に先にこっちの誤解を解け」

「じゃ、じゃあね……あはは」

「違うんだあああああああ」

＊

その後、改めて経緯を説明し、誤解は解けた。

最終章　据え膳食わぬは男の恥

1

窓から流れ込む潮風。どこまでも続く海。芳醇《ほうじゅん》な磯《いそ》の香りと眩《まぶ》しい太陽。

「うおおお、気持ちいいな」

助手席に座った眞昼が言う。

「未夜ちゃん、起きて。海が見えるよ」

「うゅん」

後部座席には未夜と朝華が座っており、寝入っている未夜を朝華が起こす。

「ん、もう着いた？」

「もうちょっとだよ」

「ふわぁ」

俺たちは湘南《しょうなん》にある源道寺《げんどうじ》家の別荘に向かっている。夏祭りの夜に朝華から誘いを受けたのだが、けっこうな人数が集まった。前方には父のスープラ、そして後方には春山《はるやま》家のミニバンが俺たちを挟むようにして走っている。

まず俺、未夜、眞昼、朝華の四人に加え、俺の両親、そして春山一家と下村母娘に芽衣《めい》と、総勢十二名という大所帯だ。朝華はこのほかにも声をかけていたのだが、結局都合がついたのはこの十二名だけだった。ちなみに光と龍姫《たつき》、芽衣の三人は春山家のミニバンに乗っている。

「早く泳ぎてーなー」

眞昼は爛々《らんらん》とした目で横手のビーチを眺めていた。

今回向かう別荘には一か月半ほど前に一度訪れている。十年ぶりに朝華と再会し、華吉《はなよし》さんを含む三人で楽しい時間を過ごした。そうか、あれからもう一か月半も経《た》つのか。

『まもなく、左方向です。その先、カーブです』

カーナビの案内に従い、俺は林の方へ曲がる。左右を木々に挟まれたつづら折れの坂道を登ること数分、やがて視界が開けた。

ペンション風の大きな二階建ての建物が俺たちを出迎えてくれる。ガレージに車を収め、外へ出た。

「やっと着いたなぁ」

眞昼がぐっと伸びをする。その拍子にTシャツが引っ張られ、おへそがちらっと見えた。

活気ある蟬《せみ》の合唱が周囲の木々から漏れてくる。辺りに立ち込める森林の豊かな匂いに潮の香りが混ざり、別世界のような心地だ。

「うわー、すごい！」

「さっき海も見えたよ」

「綺麗《きれい》なお家……」

ミニバンから未空《みそら》、龍姫、芽衣が飛び出てきた。豪華な別荘を前に、子供たちはテンション爆上げの様子だ。物珍しげに周囲を見回している。その後ろから光と未来《みく》さんが降りてきた。

「暑いわねぇ」

「未来さん、お茶ありがとうございました」

「いーえ」

「あらー、綺麗なところね」

母が感嘆の声を上げる。

「俊《しゅん》さん、あとで走りに行こうぜ」

「ああ」

「勇《ゆう》、お前も行くぞ」

たっちゃんがこっちを振り向く。

「え、俺も？」

「皆さーん、とりあえず荷物を置いて中で涼みましょう」

朝華《あさか》の号令で、一同はぞろぞろと別荘の中へ入っていった。

寝室は二階にあり、そこへ案内される。二階の廊下には左右に五枚ずつ、等間隔に扉が並んでいた。つまり、最大十組まで宿泊できるのだ。

「皆さん、お好きな部屋をお使いください。どの部屋にもお風呂とトイレが付いてます」

朝華が簡単に説明する。

「じゃあ、私ここー！」

未空が左側に並んだドアの一つを開ける。

「未空一人で使っていいわけないでしょ。お姉ちゃんと一緒だよ」

お姉ちゃんモードになった未夜が未空に言った。

「えぇ！」

「何か文句でも？」

「おねぇと一緒なんて世話が焼けるんですけどー」

「なんですってー」

未夜がぎゃあぎゃあ言いながら未空と同じ部屋に入っていく。

「勇にぃは前と同じお部屋がいいですか？」

「うん？　まあ、どこでもいいけど」

「じゃあ勇にぃはこちらです」

朝華に案内され、右側の奥から二番目の部屋に通された。前回泊まった部屋だ。荷物を置き、窓辺に寄る。色鮮やかな木立が視界を埋め尽くす。

「ほっとするな」

しばらく緑色の風景に目を和ませていると、突然視界の中に未空が現れた。

「おわっ」

「あれ？　勇さん」

「え？　未空ちゃん……浮いてるの？」

「はぁ？　何言ってんの」

「やっほー」

「勇さん」

遅れて、龍姫と芽衣もやってくる。ここ二階だぞ、と困惑したのも束《つか》の間《ま》、すぐにベランダがあることを思い出す。しかも各ベランダ間には仕切り板がなく、片側の全ての部屋と繋《つな》がっているようだ。

どこかの部屋からベランダを伝ってやってきたのか。

「探検中なの」と芽衣が言う。

子供たちにとって、大きな別荘は絶好の遊び場なのだろう。未夜《みや》たちも昔は探検隊を作っていたなぁ、と微笑《ほほえ》ましく思う。

「よし、行くよ」

未空が号令をかけ、奥に進んでいく。

「……ほどほどにな」

ベッドに腰かけ、ぬるくなったペットボトルのコーヒーの残りを飲む。

「ふぅ」

綺麗に整えられたシーツの表面をぼんやり眺めていると、不意にあの時の記憶が蘇《よみがえ》った。

朝華と再会した翌日の朝、このベッドの中で寝息を立てる朝華の体温と香り、そして柔らかさが……

「な、何を考えてんだ俺は」

ぶんぶんと頭を振り、頭に浮かんだ桃色の情景をかき消す。いくら女ひでりだからって、妹分相手に変なことを考えるなんて最低だ。

その時、こんこんとドアがノックされた。

「勇にぃ」

「うぉわっ」

入ってきたのは当の朝華だった。

「そんなにびっくりしなくても」

「悪い悪い」

黒いノースリーブのブラウスに白いスカートといった装いである。今しがた頭の中を巡っていたあの朝の不純な記憶のせいで、変な声が出てしまった。

「冷たいお茶でもいかがですか？」

「ああ、そうだな」

荷物をまとめ終えた俺たちはリビングに集まって小休憩する。

「朝華ちゃん、手伝うよ」

「大丈夫ですよ」

「いいからいいから」

「ありがとうございます」

母と朝華がキッチンへ向かう。

「すごいんだよー。屋根裏に秘密基地みたいのがあってね」

「そうなの、すごいね」

龍姫が光《ひかり》に探検の成果を報告していた。

「あれ？　龍姫ちゃん、未空と芽衣ちゃんは？」

未夜がリビング内をきょろきょろ見回す。

「あー、二人はもうちょっと探検するらしいです」

「探検なんて、やっぱりお子ちゃまだなぁ……何？　勇にぃ」

「いや、別に？」

お前らも同じようなことしてたぞ、というツッコミを喉で塞《せ》き止める。しかも迷子になって出られなくなったしな。

「お待たせしました」

朝華と母が飲み物を持ってきてくれた。屋内は冷房が利いているので快適だが、外は三十度超えの猛暑だ。冷たい緑茶が喉に沁《し》みる。

ちなみに部屋割りは次のようになった。

右奥から朝華、俺、眞昼《まひる》、春山《はるやま》夫妻。左奥から下村《しもむら》母娘と芽衣、俺の両親、未夜と未空。計七部屋だ。

また、朝華の話によると今回はお手伝いさんたちはおらず、完全にプライベートの旅行のようだ。華吉さんも夜に合流するらしい。

気心知れた身内だけの二泊三日の小旅行。

夏を締めくくるにふさわしい、楽しい時間になりそうだ。

＊

まずは第一関門クリアといったところか。

無事に勇にぃのご両親が参加してくれたし、そして私と勇にぃの部屋も隣同士。

未空ちゃんの前だと未夜ちゃんは変にお姉ちゃんぶろうとするから、ド天然が発動することもないだろう。正直、今回もっとも警戒しなければいけないのは未夜ちゃんだ。キャンプの時のような予測できない天然を食らうわけにはいかない。何をしでかすか分からないため、作戦が根底から瓦解する恐れもある。

まあ、一緒の部屋だし、未空ちゃんが上手《うま》いこと抑えてくれるはず……

これだけの人数が集まれば、もう逃げ場はない。

責任感の強い勇にぃは、きっと観念してくれるだろう。

さて、あとは夜が来るのを待つだけ。

うふふふ。

2

「あらー、あらあらー」

母の甲高い声がキッチンから聞こえてくる。

「すごいわねぇ」

「今回のためにたっぷり用意しておきました」

朝華が説明している。

「お酒もたくさんありますよ」

「あらー」

断片的に話を聞くに、どうやら食材の話のようだ。今回の旅行のためにたくさん食材を準備してくれたらしい。

「じゃあ、いい時間だし、さっそく作ろうかしら」

ジュースを飲み終えた子供たちが玄関の方へ向かっていく。

「よし、龍姫《たつき》、芽衣《めい》、探検隊再開だよ」

「おー」

「おー」

「未空ちゃん、外に行くの？」

俺は尋ねる。

「うん」

今度は別荘周辺を探検するらしい。

「あっ、そうだ。未空ちゃん、林の奥は崖になってるから気を付けるんだよ」

この別荘は丘の中腹に建っており、先端部分は崖となっているのだ。一か月半前、朝華を追いかけていた際にその崖にたどり着いたことを思い出し、俺は忠告をした。

「そうなのー？　分かったー」

楽観的な返事である。たしか三十メートル近い高さだったように思う。落下したら大人でも危険な高さだ。子供たちならなおさらだろうから、お守《も》りとしてついていこう。

「俺も行くよ」

「勇《ゆう》さんも探検したいの？」

龍姫が振り返る。

「勇さんも一緒に探検しますか？」

芽衣が手を繋いでくる。華奢《きゃしゃ》な手は強く握ると折れてしまいそうだ。

「しょうがないなぁ、じゃあ、勇さんは部下ね」と未空《みそら》。

「はいはい」

未空を先頭に、強烈な日射《ひざ》しから逃れるように裏手の林に入っていく。道らしい道は整備されておらず、鬱蒼《うっそう》と生い茂った草をかき分けながら進む。

「そういえばな、未夜たちも昔は探検隊を作ってたんだ」

「おねぇが？」

「そうそう。空き家に忍び込んで出られなくなって、泣き喚《わめ》いてさぁ」

「うぷぷ、あとでおねぇに聞いてみよ」

「おっ、いいもの見っけ」

龍姫が不意にかがむ。

「いいねぇ、それ」と未空。

龍姫が拾ったのは手頃なサイズの木の枝だった。探検してるぜ感が出る上に草木をかき分けたり蜘蛛《くも》の巣を払ったりと、実用的な面でも活躍するアイテムだ。

「私も探そっと」

未空は地面を注視し始める。

子供たちの無邪気な様子と自然に目を和ませながら、ゆるやかな傾斜を登り詰める。以前訪れた時は朝華《あさか》を追いかけ、説得するのに必死だった。時折木々の切れ間からちらっと眼《め》に入る海や、磯《いそ》と木の香りに包まれる心地よさに改めて気づく。

いい場所だ。

気持ちのいい汗をかきながら坂を登り、やがて視界が緑から青に切り替わる。

「おお、いい眺め」

未空は達成感に満ちた声を上げる。丘の突端の崖に到着したのだ。

前方には空と海の青が広がり、水平線で混じり合っている。ぼんやりと浮かぶ雲に向かって、黒い鳥が揚々と飛んでいた。西側に目を向けると源道寺《げんどうじ》家のプライベートビーチを見下ろせる。

「ほわー、高いなー」

「あっ、龍姫ちゃん、危ないよ」

「分かってるってー」

柵も何もないため、足を滑らせたら一巻の終わりだ。俺の手を握る芽衣の力が強くなった。

「怖いです……」

芽衣を抱き寄せる。

「うーわ、こんなとこから落ちたら死んじゃうよね」

未空は声を震わせた。

一か月半前、朝華はあの崖の縁にいた。

思い出を拠《よ》り所《どころ》にしていた彼女の心を支えてやると、そう約束をしてもう一か月半。

この夏休みの間、少なくとも俺の見る限りでは朝華は毎日を楽しんで過ごしていたけれど、それももうすぐ終わる。あと少しで朝華は神奈川に帰らなければいけないのだ。

朝華の心は自立ができるまでに回復しただろうか。亡き母親との確執や二度と戻らない子供時代の思い出を乗り越えることは容易ではない。兄貴分として、それだけが心配だ。

「そろそろ戻るか」

「うん」

「そだね」

「はい」

別荘に戻ると、何やら香ばしい匂いが漂っていた。ちょうど昼食が出来上がったようだ。

「あっ、帰ってきた。勇にぃ、みんな、ご飯ですよ」

朝華はちらっと芽衣と繋《つな》いだ手を見ると、

「仲良しさんですね」

と、にこやかに言った。

食卓にはシーフードをふんだんに使った料理が並んでいる。刺身にたたき、フライなど。メインは魚介類たっぷりのペスカトーレで、トマトの酸っぱい香りが食欲をそそる。中には氷を浮かべた器にサイコロ大の四角い何かが浮かんでいる謎の料理もあった。

テーブルの端に座ると右隣に朝華が並んで腰かけた。

和やかな昼食が始まる。

「——それでね、行き止まりが崖でねー」

子供たちは先ほどの探検の成果を親たちに報告している。

「勇にぃ、エビあげる」

向かいに座った未夜《みや》がエビを俺の皿に移す。

「別に殻がついてるわけじゃねぇだろ？」

「いやぁ、なんか最近エビそのものが苦手になっちゃって」

「勇にぃ、牡蠣《かき》もどうぞ」

朝華は殻付きの牡蠣を取り分ける。

「おいおい、これって生か？」

さっきから気になってたが、夏場に生の牡蠣はやべぇだろ。

「岩牡蠣ですよ。産地直送なので新鮮です」

「あたしも食ったけど美味《うま》いぞ」

眞昼が言う。

「いや、美味いだろうけど、大丈夫かぁ」

高校生の頃、生牡蠣を食って当たったことがあった。全身の穴という穴から水分がとめどなくあふれ出し、地獄の苦しみを味わった記憶がある。

「えっとね、岩牡蠣って夏場が旬だから大丈夫だって」

未夜がスマホで検索してくれた。すると、遠くの席にいた未空が、

「おねぇ、食事中にスマホはだめだよ」

「う、うるさーい」

どっと笑いが巻き起こる。

「さぁ、勇にぃ。勇気を出して」

「お、おう」

レモンをちょこっと絞り、恐る恐る岩牡蠣を箸でつまんで口に運ぶ。

「……美味い！」

口いっぱいに広がるとろっとろの旨味。

「海のミルクと言われてますから、栄養たっぷり、滋養強壮にも効果がありますよ」

朝華は優しく微笑《ほほえ》んだ。

＊

――うふふ、海の恵みで、たっぷり栄養と精力をつけてくださいね。

3

食事を終え、午後は海で遊ぶことにした。水着に着替えているとドアがノックされる。

「勇にぃ」

「朝華か」

黒いビキニを着た朝華がやってきた。白い肌に黒地の水着が映えている。

「日焼け止めが切れてしまいまして、勇にぃ、余ってませんか？」

「あるぞ」

「ありがとうございます」

「……！」

日焼け止めを受け取ると、朝華はなんとその場で塗り始めた。

朝華の華奢な手が柔肌の上を撫《な》でるようにして日焼け止めを塗っていく。首筋、谷間や内ももなど。目の前でそんな煽情《せんじょうてき》的な動き――本人にそのつもりはないだろうが――を見せつけられては、俺は父とたっちゃんの水着姿を想像して昂揚《こうよう》を相殺せざるを得ない。

塗り終わったかと思いきや、不意に朝華は後ろを向いて、

「背中は勇にぃが塗ってくださいますか？」

「は？」

「手が届かなくって、お願いします」

「い、いやいや、そんなもん、未夜とか眞昼《まひる》にでも頼めって……」

「……はい」

朝華は俺の言うことも聞かずに日焼け止めを手渡すと、そのまま無言で壁の方を向いてしまった。

白いうなじに肩甲骨や腰のラインが美しい。出るとこは出て、引き締まるとこは引き締まっている、まるで芸術品のような体……

「ぬ、塗るぞ」

「はい」

なめらかな手触り……

ぬりぬり。

「……」

ぬりぬり。

「……」

ぬりぬり。

「ひゃっ」

朝華がびくんと体を震わせた。

「もう、勇にぃ、くすぐったいです」

「いや、変なとこ触ってないからな！」

ぬりぬり。

「……」

俺は脂ぎった男たちの相撲大会を想像しながらなんとかやり切った。

「終わったぞ」

「ありがとうございます。じゃあ行きましょうか」

朝華に連れられて、海へ向かった。

青い空、白い雲、焼けた砂浜に広大な海。別荘のある丘の横手に位置する、源道寺家のプライベートビーチである。

「綺麗《きれい》だねぇ」

未夜が海に入る。ぱちゃぱちゃと跳ね回るたびに、水色のビキニに包まれた膨らみが大きく揺れて目に毒だ。

「気持ちー」

「全く、おねぇはあんなにはしゃいで子供みたい」

未空《みそら》が溜《た》め息《いき》をついた。青と白のチェック柄のワンピースタイプの水着を着て、普段はローツインの長い髪をポニーテールにしている。

「ほら、未空」

未夜はかがんで未空に水をかける。宙を舞う水が太陽の光に煌《きら》めく。

「わっ、もう、やったな」

姉に負けじと海に入り、未空は全力で水をバシャバシャし始めた。

「きゃっ」

「おりゃー」

「ちょっ、未空、的確に顔ばっか狙わないでっ」

平和な光景だ。

春山《はるやま》姉妹が水の掛け合いをしている様を眺めながら、俺たちはビーチにパラソルを設営する。

「あれじゃあ、どっちが妹だか分かんねぇな」

眞昼が言った。彼女の白いクロスホルタービキニに収まる大きなお山は今にも零《こぼ》れ落ちてしまいそうで、眞昼が動くたびにヒヤヒヤする。ビーチバレーをやるつもりのようで、朝華《あさか》と一緒にネットの準備を始めた。

父と母はビーチチェアーに寝転がり、肌を焼くようだ。

「やっぱりバカンスは海よねぇ」

「……そうだな」

それにしてもこの歳《とし》になって母親のビキニ姿を目にすることになろうとは……

「いい波が来てるぜ」とたっちゃん。

「パパー、気を付けてねぇ」と未来《みく》さんが忠告する。

「おう」

未来さんはブラジリアンビキニを着ていた。胸と臀部《でんぶ》は同じぐらいのサイズで、まるで土偶のようである。とんでもないダイナマイトボディーだ。

「行ってくる」

たっちゃんはサーフボードを持って海に突撃していった。

「太一《たいち》さんって、サーフィンやるんですね」

光《ひかり》が聞くと、未来さんは困ったように眉根を寄せて、

「遊ぶことに関しては全力なのよねぇ、いい歳なのに」

「あはは」

光はぴっちりしたセパレート水着の上にラッシュガードを羽織っている。学生時代を思い出すようなスレンダーなボディだ。

「勇《ゆう》さん、砂のお城作りたいです」

芽衣《めい》が言った。

フリルの可愛《かわい》い白のセパレート水着だ。

「じゃあ波の届かないとこでやろうか」

パラソルの横に砂の城を建設することにする。

「私もやるー」

龍姫《たつき》が参加してきた。赤いビキニ姿の彼女は、胴体部分だけ日焼けしてらず、白いお腹《なか》が目立っていた。

「私の勝ちー、おねぇはざこだなぁ」

「ああ、もう、いきなりびしょびしょだよー」

未夜《みや》たちが上がってきた。

「お城づくり？　私もやるー」

建造業者に未空が参戦する。

「それにしても」と未夜は俺の横に座り、

「みんなと一緒だと楽しいねぇー」

「そうだな」

みんなの活気を煽《あお》るように、太陽が輝いている。

「よーし、あとは旗を立てて完成！」

着工開始からおよそ十五分、ようやく砂の城が完成した。二対の塔を擁するコの字型の城で、城壁部分に立てられた赤い旗が潮風にはためいている。

「みんな、水分補給しようね」

光と未来さんがクーラーボックスからスポーツドリンクを出し、子供たちに配る。こうも日射《ひざ》しが強いと、砂浜で少しじっとしているだけでどんどん汗をかくのだ。水分とミネラルをしっかり補給しないと、熱中症になる恐れがある。

「はい、有月《ありつき》くんも」

「おう、サンキュー」

手の砂を払い、ペットボトルを受け取る。

「おーい、勇にぃ、そろそろやろうぜ」

ゴムボールを持った眞昼が声を投げた。向こうもビーチバレーの準備が終わったようだ。

「ビーチバレーやるの？」

龍姫が砂浜に張られたネットと長方形に引かれた白い縄のコートを見て目を輝かせる。

「おばさんたちは？」

「海岸を散歩しに行った」

全く、父も母もいい歳して仲がいいぜ。

「チーム分けはどうする？」

未夜が誰にともなく聞く。

「子供たちがいるから、バランスよく割り振らないとね。未夜ちゃんは未空ちゃんと一緒でいいんじゃない？」

朝華が提案する。

「えー、おねぇとー？　足手まといなんだけどー」

未空が文句をつける。

「なんですってー」

「私、おねぇじゃなくて眞昼ちゃんがいい。一番強いもん」

「あたし？　いいよ」

「やりぃ」

「勇にぃは誰と組みたいですか？」

そう言って朝華が俺の方に一歩足を踏み出したのとほぼ同時に、芽衣が俺の手を取った。

「私、勇さんとがいいです」

「ん？　俺とか？」

「いいですか？」

「いいぞ」

「やったぁ」

「芽衣ちゃん、勇にぃに懐いてますね」

朝華はしゃがんで、芽衣に微笑《ほほえ》みを向ける。

「勇さん、優しいんです」

「勇にぃは小《ち》っちゃい子供が好きだからなー」

眞昼が溜め息をつく。

「おいコラ、誤解を招く言い方すんな！」

「あはははは」

場が笑いに包まれる。

子供の世話を焼くことは好きだが、それは別に性的な嗜好《しこう》によるものじゃない。俺が好きなのは、スタイル抜群のボンキュッボンだからなぁ!!

「じゃあ、私は朝華ちゃんとー」

「うん、いいよ」

龍姫が朝華の腰に抱き着く。

「光さんと未来さんはいかがですか?」

「私はこの水着だと激しく動けないから、ここで応援してるわ」

未来さんが残念そうに言う。

「ママもやろうよ」

「分かった、分かった」

言って光はラッシュガードを脱ぐ。スレンダーなボディが露《あら》わになった。

「じゃあ、未夜は下村《しもむら》とだな」

「え? 大人が二人で組んじゃっていいの?」

「全然問題ないぞ。未夜の戦力は小学生レベルだしな」

「失礼な!」

こうしてチーム分けは次のようになった。

俺・芽衣。

眞昼《まひる》・未空。

朝華・龍姫。

未夜・光。

＊

砂浜を飛び回る豊満ないくつものボール。ゴムボールがネットを行き交うたびに、眞昼と朝華の自前のボールもぶるんぶるん揺れる。それはもう、ぶるんぶるんと。

眞昼・未空VS朝華・龍姫の対決である。四チームによるトーナメント戦で、五点先取したチームの勝ちとなる。

「ほっ」

眞昼が強めの一発を打ち込むと、その衝撃で胸が激しく揺れ、汗の飛沫《しぶき》が宙に煌めく。

「てやっ」

奥のライン端ギリギリを狙った一撃だが、朝華はなんとか飛びつく。胸が砂浜に埋まり、柔らかな砂上には朝華の胸の跡が生々しく残った。

「はい」

朝華の拾い上げたボールを龍姫がなんとか敵陣に返す。しっかり腰が落ちていて、いい動きだ。

「はい、眞昼ちゃん」

未空《みそら》も腰を落とし、トスを上げる。

「ナイスっ、おりゃっ」

再び眞昼が鋭いスパイクを打ち込む。が、ボールといっても試合で使うような本格的な人工皮革製のものではなく、遊戯用の柔らかいゴムボールだ。それに子供たちも参加しているため、眞昼も手加減しており、さほど速度は出ない。

しばらくの間、一進一退のラリーが続いた。

それにしてもあいつら、あんなに激しく動き回って水着がズレないかどうか、それだけが心配だ。

ちなみに俺と芽衣のペアは光・未夜ペアに敗北を喫した。未夜は予想通りのぽんこつだったが、光の運動神経とサポート能力はそれを補って余りあるレベルで、未夜のミスをカバーしつつ、どんな厳しいボールでも拾って返してきやがった。

俺と同じアラサーのくせに、あそこまで動けるとは……

やはり運動部の全国大会出場経験者は動き方が違うな。

「うわぁ、それは間に合わねぇっ」

こちらの試合もようやく決着の時を迎えた。

眞昼の放ったスパイクを朝華《あさか》がネット前でブロックしたのだ。勢いの乗ったボールはそのまま眞昼たちの陣地に跳ね返り、未空も拾うことができなかった。眞昼は高くジャンプしすぎたため、地面に着地する前にボールが地面についてしまった。

「やったぁ」

「朝華ちゃん、ナイスブロック」

「えへへ」

朝華と龍姫がハイタッチをする。朝華・龍姫ペアの勝利だ。

「あちゃー、負けたー」

未空はその場に膝をつき、頭を抱える。すると未夜がその横に歩み寄り、妹の肩に手を置く。

「……おねぇ？」

「ほらほらぁ、負けた人はさっさとコートから出ないとぉ」

「ムカっ」

未空の額に青筋が立つ。

「決勝戦が始まるんだからさぁ」

「おねぇ、調子に乗ってぇ、全部光おばさんのおかげなのに」

「勝ちは勝ちだもーん」

「ぐぬぬ」

「あなたたち、喧嘩しないの」

母親の未来《みく》さんが仲裁に入る。そして決勝戦が始まり、事件はそこで起きた。

戦いは佳境。四対四の接戦、いい勝負だ。ちなみに未夜・光《ひかり》ペアの失点は全て未夜によるものである。

「えいっ」

朝華のスパイクがコーナーに吸い込まれていく。

「やっ」

光がそれをなんとか拾う。

「未夜ちゃん、あとは任せたよ」

「ふぇっ!?」

宙に舞い上がったボールはネットの手前すれすれの位置に落下するだろう。光は砂浜に倒れ込んでおり、あそこから立て直す時間はない。未夜が決めるしかないのだ。

「あわわわわ」

「おねぇ、ここまできたらきっちり決めろー」

「う、うん」

未空の声援に奮起したのか、未夜は落下予測地点で一気にジャンプする。しかし、運動センスゼロの彼女にとって、ボールの落下地点を予測してタイミングよく飛び跳ねることは非常に難しいものだった。

ネットに寄りすぎていた未夜《みや》は、斜め前方に飛び上がってしまい、スパイクを打ったはいいが、落下と同時に胸とネットが接触。胸部を覆っていた水色の布がぺろんとめくれて、さらには紐《ひも》がほどけてしまい、水着が宙を舞う。つまり、未夜の無防備な双丘が真夏の空の下にさらけ出されたのだ。

「あっ！」

へなちょこスパイクが朝華・龍姫《たつき》の陣地に打ち込まれたが、それに反応するものは誰もいなかった。

龍姫も朝華も、その場にいた誰しもが、そのあまりに突然のハプニングに面くらい、硬直してしまった。

「きゃあああああ」

未夜の叫び声が青空に吸い込まれていく。

「な、何やってんだ未夜。勇《ゆう》にぃ、あっち向いてろ」

眞昼が俺と未夜の間に入る。

「うおっ」

俺はとっさに顔を背けた。

「引っかかっちゃった」

「おねぇ、ば、ば、馬鹿なの!?」

「ゆ、勇にぃ、見た?」

両手で胸を押さえ、泣き顔の未夜が振り向く。

「いや、俺らのところからは背中しか見えなかったから」

これは事実だ。背中と背中越しにはみ出た部分しか見えなかった。

「ほんと?」

「本当だって、なぁ？　芽衣《めい》ちゃん」

「うん、大丈夫です」

「な、ならいいけど」

そうして、気まずい空気の中、第一回ビーチバレー大会は未夜・光ペアが優勝した。

4

未夜ちゃん、あれを狙ってやってないとしたら、とんでもない強敵だ。

やっぱり未空ちゃんと組ませた方がよかったかも。そうすれば、無茶なことはしなかっただろうに。それにしても、どうやったらあんなずらし方を実践できるのだろうか。

いやいや、たとえ狙ってやったとしても、ネットにかすめてビキニをずらすなんて荒業、なかなか成功するものじゃない。

キャンプの時といい、こっちの予期しない天然は対策のしようがないから本当に困る。

今はまだいいが、夜にあんな天然を暴発されたらと思うと背筋が寒くなる。

それにしても芽衣ちゃんは勇にぃのことが気に入っているみたい。

計画に差支えがないかどうか、こちらもそれとなく確認しておかないと。

その後、私たちはペアを組みなおし、ビーチバレーを楽しんだ。それが終わると今度は海に入って遊んだ。炎天下のビーチバレーで火照った体に冷たい海水が染み渡る。

泳いで潜って水をかけてかけられて。

ひとしきり遊び終え、別荘に戻った頃にはもう四時を回っていた。海水でべたついた体をシャワーで流し、夕食まで思い思いの時間を過ごすことにした。

私はリビングでジュースを飲んでいた子供たちの輪の中に交ざる。

「ここ入れてもらっていい？」

芽衣ちゃんの隣に座った。

「あっ、朝華ちゃん。いいよ」

「いいですよ」

「うんー」

「なんのお話ししてたの？」

「あのね、この前の富士山に登った時のね——」

未空ちゃんがスマホを取り出し、アルバムのアプリを開いた。そして、自信満々に話を始めた。

「——それでね、富士山の一番高いとこで、ご来光を見ながらコーヒーを飲んだの」

「また行きたいなぁ」

龍姫ちゃんがうっとりした顔で言った。

未空ちゃんのスマホには光り輝く朝日が映し出されている。なるほど、勇にぃと一緒に富士山の頂上でコーヒー。それは至高のシチュエーションだ。

「でも疲れたよねぇ」と芽衣ちゃん。

「芽衣は体力なさすぎだって。ほとんど勇さんにおぶってもらってたじゃん」

未空ちゃんが言う。

「えへへ」

「そうなんだ」

「勇さんに甘えすぎだよ、芽衣は」

いい方向に話が転がった。

「芽衣ちゃん、勇にぃと仲よしさんだけど、もしかして勇にぃのことが好きだったりする？」

単刀直入に尋ねる。

「え？」

芽衣ちゃんにはどことなく子供の時の私に似たものを感じる。表面的な性格や見た目という話ではない。そう、あえて言語化するなら気質とでも呼ぼうか。女として同じ匂いを感じるのだ。

芽衣ちゃんはちょっと困ったように首をかしげて、

「好きっていうか、いや、嫌いじゃないんですけど、その、なんていうか……」

「？」

「パパみたい、です」

「パパ？」

「パパ？」

声の調子や表情から推察するに、照れ隠しでそう言っているわけではなさそうだ。

「一緒にいると安心するっていうか、なんというか……」

「あー、分かるかも」と龍姫ちゃん。

「龍姫ちゃんも？」

「私も芽衣もパパいないから、なんか遊んでくれる大人ってだけでついつい甘えちゃうんです」

「うん、そう、そういう感じかも」

芽衣ちゃんは同調する。

なるほど、パパ、か。

たしかに勇にぃは子供の世話を焼くのが好きだし、めったなことでは怒らない、懐の深い男性だ。私たちが子供の時だって、どんなきつい悪戯《いたずら》をしてもたいていのことは許してくれた。

聞いた話では芽衣ちゃんのご家庭はご両親が不在のようだから、いっそう父性というものに惹《ひ》かれてしまうのかもしれない。

よくよく考えてみれば、この子たちの年齢では勇にぃはちょっと年上すぎるよね。

恋愛対象ではない、という点はありがたいが、過度に勇にぃにくっつかれてもこちらの計画に支障が出る。仮に芽衣ちゃんが一緒の部屋で寝たいなんて言い出したら、計画そのものがおじゃんだ。

さて、どうしたものか……

5

シャワーから上がり、濡《ぬ》れた髪をドライヤーで乾かす。

「ほわぁ～」

全身に倦怠感《けんたいかん》がある。

今日は朝から勇にぃの車で別荘まで長時間移動し、そのあとは海でたっぷり遊んだ。ビーチバレーで飛び跳ね回って、海で泳いだり砂浜を散歩したりと、まだ夕方なのにもうくたくただ。

私はベッドにうつ伏せになり、ノートパソコンを開いた。

勇にぃと共作している推理《ミステリ》小説も終盤まで書き上がった。あとは探偵の謎解きパートとエピローグだけ。順調にいけば、この別荘にいるうちに書き上がるだろう。

「ふふっ」

それにしても、海辺の別荘で小説を書くなんて、なんだか文豪になった気分。しばらく執筆作業に没頭していると、窓の外からひぐらしの鳴く声が聞こえてきた。カナカナカナカナ……という寂しげな声。

夏ももうすぐ終わるんだなぁ。

今年の夏は長かったな。

勇《ゆう》にぃのおかげで毎日が濃密で、とても楽しい夏休みになった。

「ふわぁ」

眠くなってきた。その時、ドアがノックされた。

「おい未夜《みや》」

現れたのは勇にぃで、一気に目が覚める。

「何？」

「華吉《はなよし》さんが来たら、みんなで中華料理屋に行くってさ」

「分かったー」

「おっ、小説書いてんのか」

「うん」

勇にぃはベッドの縁に座り、画面を覗《のぞ》き込む。そうなれば必然的に私の顔に勇にぃの顔が近づくわけで、ドキドキするんですけど。

顔、赤くなってないかな。

誤解を招くようなことはしない方がいいって、前に朝華《あさか》に忠告されたばかりだし、ちょっと距離が近すぎる気がする……っていうか、私も女子高生なわけだし、勇にぃも少しくらいは意識してもいいと思うんだけどなー。

「今どの辺りだ？」

「今はねー、探偵が推理を披露してるとこー」

「もう終盤だな」

「たぶんこの旅行中に書き上がるよ」

「それは楽しみだ」

「そうだ、勇にぃ。この小説さ、書き終わったら賞に出してもいい？　ちょうど九月締め切りのミステリの賞があるんだよ」

「別にいいけど、って、わざわざ俺に聞かんでも」

「だってこれ、メイントリックは勇にぃが考えたものだし。もし受賞しちゃったらどうする？」

美少女高校生ミステリ作家爆誕なんてことになったらどうしよう。きっとテレビのインタビューとかも来ちゃうよね。授賞式にも呼ばれるだろうし、人見知りの私にとって不特定多数の知らない人の前に出るのは拷問のようなものだ。

よし、とりあえずは覆面作家として活動しよう。

「おま、そういうことはな、賞を取ってから考えるもんだ」

「えへへ」

私は勇にぃのことが好きだけど、勇にぃに私はどういうふうに見えているんだろう。しょっちゅうドジばっかりで迷惑かけてるし、未だにただの妹扱いなのかな。

こうやって何気ない会話をしているだけで幸せだけれど、いつか自分の想《おも》いを伝える日が来るのだろう。そして、漠然とだけれど、そういう関係になるだろうと確信している私がいる。

いつか……それがいつになるかは分からないけどね。

＊

五時半ごろ、華吉さんが到着した。

「みなさん、勇くん以外はご無沙汰ですなぁ」

「華さん、いい波が来てたぜ」

たっちゃんが華吉さんの肩を叩《たた》く。

「それはよかった」

俺が不在の十年間で各家は繋《つな》がりがより深くなったらしく、家族ぐるみの仲になっていたようだ。未夜たち子世代が同級生ということもあるだろう。

「源道寺《げんどうじ》さん、私たちまですみません」

光《ひかり》がしおらしく言う。

「いやいや、大勢の方が楽しいですから。自由にくつろいでくださいな」

「ありがとうございます」

その後、俺たちはタクシーで中華料理屋へ向かった。

ここは源道寺家行きつけの店のようで、以前湘南《しょうなん》に来た際も華吉さん、朝華と共に訪れたことがある。特別高級店というわけではないが、赤を基調とした趣のある店内は普通の街中華とは一線を画しており、知る人ぞ知る名店といったところか。

芽衣《めい》は中華料理屋そのものが初めてのようで、回るテーブルに目を丸くしていた。

「芽衣ちゃん、春巻き食べる？」

「うん」

芽衣の横に座った朝華が甲斐甲斐《かいがい》しく世話を焼いていた。いつの間に仲良くなったのだろう。

大人組は母を筆頭に中華をつまみに紹興酒を飲んでいた。あの独特な香りとクセがあまり好みに合わず、俺は無難にビールを飲む。

「この角煮美味《うま》いな」

眞昼《まひる》が山盛りの角煮をあっという間に平らげる。

「すいませーん、同じものおかわりで」

「眞昼、まだ食うのか」

「こんなのまだ腹一分目だよ」

　こんな味が濃くて脂っこいものを二皿いくとは、恐ろしき体育会系女子高生の胃袋。前にも思ったが、あんな細いお腹《なか》のどこにこれだけの料理が詰め込まれてしまうのだろう。

「ママ、エビチリ取って」

「はいはい」

「あ、やっぱ私が回したい」

　龍姫《たつき》が回転テーブルを回す。子供組の前にエビチリの皿が回ってくる。

「そういえばさ、おねぇってなんでエビ嫌いなの？」

　真っ赤なチリソースをまとったエビを頬張りながら未空《みそら》が聞く。

「別に嫌いじゃないよ。食べ物として認識してないだけ」

　それは嫌いということなのでは、と俺は心の中でツッコミを入れる。

「こんなに美味《お》しいのにねぇ？」

「ねー」

「ねー」

　子供たちは満面の笑みでエビチリを食べている。未夜はその様子を苦い顔をして眺めながら、

「そりゃ、私も昔は食べれたけどさ、殻付きのエビって見た目はまんま虫じゃん？　なんか虫を解体して食べてるみたいでね……」

「たしかに、エビが陸にいたら虫にしか見えないね」

朝華が同調する。

「まあ、美味けりゃなんでもいいだろ」と眞昼。

いつの間にか二皿目も空っぽになっている。

「も、もう食ったのか？」

「今日はがっつり動いてお腹ペコペコだから」

それから俺たちは一時間ほど歓談をしながら中華料理を楽しんで別荘に戻った。

＊

「露天風呂がありますから、順番に入ってください」

男女に分かれて露天風呂を使うことになった。まず女性から入ることになり、あたしは着替えを取りに部屋へ急いだ。

「すっごーい」

豪華な露天風呂に子供たちは大喜びだ。

玉砂利の敷かれた広いスペースに大きな浴槽が湯気を立てている。空はまだ完全に暗くなっておらず、青紫色の空に星が瞬いていた。前方の林には切れ間があり、静かな海の音が届いている。

「ふぅ、染み渡るわねぇ」

さやかおばさんはまったりした声で言った。浴槽は広く、九人が一度に入っても余りある。しばらく星空を眺めながら湯に浸《つ》かっていると横にいた未来《みく》おばさんが言った。

「そういえば明日香《あすか》さんから聞いたけど、眞昼ちゃん、熊本の実業団にスカウトされたんだって？」

「え？　ああ、まあ」

「すごいじゃない、おめでとう！」

さやかおばさんが拍手をし、みんながおめでとうと言ってくれる。

「えー、眞昼、熊本に行っちゃうの？」

未夜が立ち上がる。

「いや、決まったわけじゃないって」

「実業団チームで結果を出せば、日本代表も夢じゃないわよ。やだわぁ、今の内にサイン貰《もら》っちゃおうかしら」

さやかおばさんは自分のことのようにウキウキし始めた。

「眞昼ちゃん、オリンピック出るのー？」

龍姫ちゃんが叫ぶ。

「すごーい」

未空ちゃんと芽衣ちゃんも眩《まぶ》しいものを見るような目であたしを見つめる。

「おめでとう、眞昼ちゃん」

朝華は穏やかな笑みを浮かべる。

「……はは、ありがと。いやでも、まだ決定ってわけじゃないんだって」

参ったな。完全に祝福ムードになってしまっている。

「やだー、眞昼と離れたくないー」

未夜が抱き着いてくる。

「だから確定事項じゃないってなんべんも言ってるだろうが」

「熊本のどこのチーム？」

光さんが尋ねる。

「えと、たしか熊本エンプレスだったと思います」

「そうなの!? 私、そこに友達いるよ」

「マジすか」

「高校の後輩で、華山小春《はなやまこはる》っていうんだけど知ってる？」

「えぇ、一応」

「えっ!?　華山小春ってあの華山小春？　あっ、そうか。世代的に光ちゃんの後輩だもんね」

未来おばさんが驚いた顔で言った。

「私が三年生の時に一年生だったんですよ」

「へぇ」

なんて世間は狭いのか。人間関係というものは意外なところで繋がっているんだなぁ。

光さんも全国クラスの選手だったから不思議ではないけれど。

「後輩いじめをしないように言っとくから安心してね」

「ははっ……」

うーむ、この雰囲気ではとても言えないな。勇《ゆう》にぃと離れたくないから断ろうと思ってる、なんて。たしかに将来の選択肢として、バレーに人生を捧《ささ》げるのもありといえばありだろうし、去年までのあたしだったらきっとこのスカウトを喜んで受けたことだろう。

こんなチャンスはめったにないのだから。

でも今年になって状況は一変した。

勇にぃがいる日常を捨ててまで、夢を追うことが正解なのだろうか。

顔を空に向けると、綺麗《きれい》な月が浮かんでいた。

＊

「ふう、地獄だったぜ」

男グループの入浴が終わった。

おっさん三人の背中を流させられ、全く癒されなかった。あとで一人で入り直しに行くかな。リビングでは先に上がった女グループが晩酌の準備をしてくれていた。まだ飲むのかという野暮なツッコミはやめよう。俺も風呂上がりのビールを飲む。

「くはー」

思い思いの場所に座り、宴会が始まる。見るでもないテレビを流し、酒とゆったり流れる時に身を任せる。子供たちは固まって四人対戦のゲームをしており、交代で大人組の誰かが四人目を務めた。

十時過ぎになり、子供たちはそろそろ寝る時間だ。

「未空、もうそろそろ寝なさい」

未来さんが言う。

「へーい、行くよ、おねぇ」

未夜《みや》もソファーにもたれてうとうとしている。昼間のビーチバレーで体力を使ったからだろう。姉妹はふらふらとした足取りで部屋へ向かった。

「龍姫と芽衣ちゃんも寝る時間」

光《ひかり》が母親らしい口調で言った。

「うん」

「はい」

龍姫と芽衣も眼《め》を擦《こす》っている。芽衣はふらふらと俺に歩み寄る。

「勇さーん」

すると近くにいた朝華《あさか》が割って入り、

「芽衣ちゃん、勇にぃと一緒に寝たいの？」

「うん」

「じゃあ勇にぃ、芽衣ちゃんたちは光さんの部屋ですから、寝かしつけてあげてきてください」

「お、俺がかぁ？」

「ほら、もうみんな眠たいって」

龍姫も芽衣もスイッチが切れたようにおとなしくなっている。

「じゃ、有月《ありつき》くんあとは任せた」

「しょうがねぇな」

「あっ、ちゃんと歯磨きさせてね」

をあとにした。


「へいへい」

二人を連れ、光の部屋へ。たしか左側の一番奥だったか。ベッドサイドの椅子に座り、龍姫と芽衣《めい》が寝付くのを待つ。二人は仲良く手を繋《つな》ぎながら横になっている。

やがて寝息が聞こえ始めたので、俺は二人を起こさないようにそっと立ち上がり、部屋をあとにした。

＊

勝った。

ここまで来ればもう私の勝ちだ。どうしよう、なんだか緊張してきた。やっぱり痛いのかな。あとでもう一回シャワー浴びてこよっと。

頭の中で喜びと不安が混じり合う。

その時、インターホンが鳴った。

誰だろう。こんな時間に客人とは思えないし、今日ここを訪れる予定の者は私たち以外にいないはずだ。

不審に思い、私はインターホンのカメラを確認する。

「ひっ」

背筋に悪寒が走る。

「誰か来たのか？」

父が肩越しにカメラを覗《のぞ》く。

「なんだ、結局来たのか」

「お、お父さん、もしかして今日のことを教えましたか？」

「ああ、大勢の方が楽しいって朝華が言うから……なんだ？　まずかったか？」

「……いえ」

画面には姉、灯華《とうか》の邪悪な笑みが映し出されていた。

「誰か来たの？」

眞昼《まひる》ちゃんがインターホンの画面を覗き込む。

「あっ、もしかして灯華さん？」

「う、うん」

「へぇ、会うの何年ぶりだろ」

「眞昼ちゃんたちは、三年ぶりじゃないかな……」

源道寺《げんどうじ》家次女、源道寺灯華は自由人である。

家のお金で世界中を遊び回り、日本に帰ってくることは年に数回あるかないか。母の命日には必ず帰ってくるが、それ以外は基本的に気分と思いつきで行動しているため、年に一度しか会わない年もある。

海外生活が長いことから、人と打ち解けるのが上手《うま》い。初めて顔を合わせる人とでもすぐに仲良くなれるので、今回の集まりの賑《にぎ》やかしには打ってつけなのだが……

深く物事を考えず、基本的にその場のノリで生きている。そのため、いらぬトラブルを起こす悪癖があるのだ。未夜ちゃんとはまた違ったベクトルの問題児。今はもう一人の姉であり、お目付け役の鏡華《きょうか》姉様もいない。絶対に引っ掻《か》き回すに決まってる。

今日は絶対に失敗が許されない日。ここは心を鬼にして追い返さなくては……

私は玄関に急ぐ。

「あーちゃん、久しぶりー」

「きゃっ」

もう上がっていたのか。姉は私に抱き着いてくる。真っ黒に焼けた肌に金髪に染められたショートカットという、一昔前のコギャルみたいな風貌だ。

「ね、姉様、どうしてここに?」

「いやぁ、今年の夏は沖縄にいたんだけどさ、親父《おやじ》が日本にいるなら顔出さないかって言うし、なんか大勢で集まるみたいな話を聞かされちゃあね」

「沖縄ですか? 珍しいですね」

「あたしもたまには日本情緒を感じたい年もあるんだよ。やっぱり流れてる血は日本人なんだなぁ」

「……そうですか」

「あっ、そうそう。お土産あるから」

まずい、姉のペースにまんまと乗せられている。

「あ、あの姉様、今日は――」

「おお、灯華、来たか」

背後から父がやってくる。

「なっ！　おい、なんだお前、そのひと昔前のギャルみたいな恰好《かっこう》は」

「あー、うるさいのが来た。逃げるが勝ち」

そう言って、灯華姉様は廊下の奥に走り去った。

「おお、知ってる顔も知らない顔もちらほら」

突然の闖入《ちんにゅう》者《しゃ》に場がざわつくが、ほとんどの人はお酒が入っているためあまり大きな騒ぎにはならない。

私の記憶が正しければ、光さんに今はもう寝ている子供組、そして勇にぃは灯華姉様に会ったことがないはず。

「お久しぶりですなぁ」

灯華姉様はなんのためらいもなく酒宴の席に座り出す。

「おや、そっちの美人は初めましてかな」

光さんの方を見る。

「どうも初めまして、朝華ちゃんのお姉さんですか？」

「イエーッス。朝華がいつもお世話になってまして。んん？　君は誰だ？」

今度は勇にぃの方を見る。

「えと、俺は有月勇といいま――」

勇にぃがそう言ったのとほぼ同時に灯華姉様は立ち上がり、

「お前かァ！　いつもあーちゃんを泣かしていたやつは」

「へ？」

「お前に会いたい会いたいって、あーちゃんはいつも泣いてたんだぞゴルァ」

そして勇にぃにヘッドロックを食らわせる。

「す、すんません」

「ちょっと、灯華姉様」

慌てて私は止めに入る。

「ギ、ギブギブ」

勇にぃは青い顔でがっちりキマった灯華姉様の腕をタップする。

「なーんちゃって、社会人にはいろいろあるからねぇ」

あっさりヘッドロックをほどき、あっけらかんと笑う。

「げ、げほげほっ」

「大事なのは今だよね。昔のことなんて気にしたって時間の無駄無駄」

「はぁ」

「あっはっは」

じ、自由すぎる。

あっという間に場の主導権を握ってしまった。

「おー、眞昼ちゃん、またでかくなったなぁ」

「背のことを言ってるんですよね？」

「あ……当たり前じゃん。あはは」

「灯華さん、すごい日焼けしてますね」

「沖縄に行ってたんだよ。いやぁ、与那国の日射《ひざ》しはきつかったぜ。そうだ、お土産があるんだった」

足元の紙袋から、お酒の瓶を取り出す。

「じゃじゃーん」

「あら、どなん」

さやかおば様が目を輝かせる。

「沖縄のお酒でね、これがもう美味《おい》しいんだぁ。はいはい、みんなコップ空けて」

灯華姉様はみんなのグラスにどなんというお酒を注《つ》いで回る。

「あっ、そうそう。今日はあーちゃんの部屋で寝るから」

「はい？」

「久しぶりに一緒に寝たいじゃんね」

「いやいや、もう大人なんですし、っていうか、部屋はまだ空いてるとこありますから」

「やだ」

「やだじゃなくて」

そんなやりとりをしている向こう側では、勇《ゆう》にぃがいつの間にかぐったりしていた。

「勇にぃ、大丈夫？」

眞昼ちゃんが背中をさすっている。

「はいお水」

さやかおば様から水を受け取り、勇にぃは一気に飲み干す。

「ちょっと、勇にぃどうしたんですか？」

「うぅ、な、なんだこの酒」

勇にぃは目の前のグラスを見つめながらかすれた声を漏らす。

「姉様、それは？」

「ダメよ勇。これ六十度あるんだから、ちびちびやらないと」

　さやかおば様がくいっとグラスを傾ける。

「ろ、六十度……」

勇にぃは真っ赤な顔でそう呟《つぶや》くとソファーに深くもたれ、そのまま眠ってしまった。

「ゆ、勇にぃ？」

私は勇にぃの肩を揺さぶるも、返ってくるのは寝息だけ。

「こりゃ朝まで起きないわね」とさやかおば様。

「っ！」

なんてことだ。

まだ灯華姉様が乱入してから十五分と経《た》ってないのに、勇にぃが潰されてしまった。勇にぃはあまりお酒が強くない。あれではもう朝まで起きないだろうから、今夜の計画は明日に見送らなければならない。

待てよ？

明日の夜も居座るつもりならなんとか対策を考えなくては。鏡華姉様に灯華姉様がここにいることをリークし、連れ出してもらうのがいい。

まずは——

「あっ、そういえば寧々《ねね》っちと飲む約束してたんだった」

いきなりそう言い出し、灯華姉様は席を立つ。

「え？　姉様？」

「あーちゃん、ごめーん。帰るわ」

申し訳なさそうな顔をして、両手を合わせる。

「は？」

「せっかくの集まりだけど、今回は先約がいてさ。すっかり忘れてたよ。ま、久々に顔を見れてよかった」

「ちょちょちょっと、姉様、お酒飲んだでしょう？」

「飲んでないよ。みんなに注いで回っただけ。今度会う時は正月かな。それじゃあ皆さんばいばいきーん」

嵐が去ったあとのような静けさが残る。

みんな、ぽかんとした顔だ。

先約がいた？

だったら最初からそっちに顔を出してればいいじゃない。さぁこれからっていう時に、ピンポイントで邪魔だけをしにきて……

勇にぃをちらっと見る。完全に寝入っており、ちょっとやそっとのことでは目覚めることはないだろう。

「灯華《とうか》さん、自由な人だなぁ」

眞昼《まひる》ちゃんが感心するようにうんうん頷《うなず》く。

「全く、落ち着きのないやつだ」

父が眉根を寄せる。

「はぁ」

私は息をついた。

6

「うぅ、頭、痛ぇ」

目が覚めると、というより、気がつくと白い天井が目に入った。どうやら別荘の俺の部屋のベッドの上で寝ていたようだが……

「あれ？」

俺はいつの間に眠ったんだ？　記憶がまるでない。全身麻酔を受けたかのように、意識が飛んだ心地だ。

「えーっと」

たしか昨晩は酒宴を楽しんで、子供たちを寝かしつけたあと、たしか……

「そうだ、朝華《あさか》の姉さんが来て、それで？」

そこまでは憶《おぼ》えてる。というか、記憶はそこで途切れてしまっている。思い出そうとしても、その先の情景は真っ白で、何も思い出せないのだ。

そしてこの頭の中を駆け巡る鈍痛と悪心《おしん》は二日酔いの典型的な症状だ。それにしても、記憶を失《な》くすまで酒を飲んでしまうなんて、いくら見知った間柄の連中との小旅行だからって羽目を外しすぎだろ俺。

時計を見ると午前九時過ぎ。

重い頭に手を当てながら俺はゆるゆると立ち上がった。

シャワーを浴び、冷たい水を胃に流し込む。ベランダに出て夏の日射しに体を晒《さら》していると、だんだんと楽になってきた。

「勇にぃ、起きましたか？」

朝華がやってきた。

「おお、朝華か。おはよう」

「おはようございます、顔色が悪いようですが」

「いや、ちょっと二日酔いでな。ああでも、もうだいぶ良くなったから」

「……そうですか」

「お姉さんはもう帰ったのか？」

「はい、昨晩の内に」

「そうか、酒のせいで実はあんまり憶えてないんだ。俺、そんなに飲んでたかな？」

「飲んでたというか、飲まされたというか……」

朝華は言いにくそうに顔を背ける。この反応を見るに、やはり昨夜の俺は羽目を外しすぎて酒に飲まれたらしい。

「……今日はあんまり飲みすぎないように気を付けるか」

「そうですね。勇にぃはあまりお酒が強くないですから、今日はほどほどにしておいてください」

「分かった分かった」

どこからか重低音の排気音が聞こえてきた。これは父のスープラだ。どこかに出かけるのだろうか。

「勇にぃ、朝ごはんは食べられそうですか？」

「ああ、食う食う」

そうして俺はリビングに向かった。起きたのは俺が最後のようである。

「父さん出かけたの？」

朝食を食べながら母に尋ねる。

「太一《たいち》くんと一緒にね」

「たっちゃんと？」

『湘南《しょうなん》の稲妻』に会いに行くんですって」

「？」

「はい勇くん、コーヒー」

未来《みく》さんがコーヒーを運んでくれた。

「ありがとうございます。そういや未夜《みや》は？」

「部屋で小説を書いてるわ」

「そっか」

「眞昼ちゃんとお子様たちは海に行きましたよ。勇にぃも泳ぎますか？」

「いんや、まだ酒が残ってるからなぁ。酔い覚ましに日の光でも浴びてくるぜ」

そして、食後に一人で別荘周辺を散歩した。林の中を歩けば、絶えず耳に反響する蟬《せみ》の声。夏ももうじき終わるというのに元気なやつらだ。浜辺に下りると、子供たちと眞昼が海で遊んでいた。

「あっ、勇にぃ」

フロントリボンの付いたビキニ姿の眞昼がこちらに駆け寄ってくる。

「お前ら朝から元気だなぁ」

「勇にぃも入る？」

「いや、俺ぁちょっと酒が残ってるからここで見てるよ」

四人は浮き輪に乗って遊び始めた。打ち寄せる波に足を濡《ぬ》らしながら、俺は浜辺を散策する。サンダルと足の裏の間に砂が入り込むが、全く不快ではない。

砂浜に腰を下ろし、眞昼たちとその向こうに続く海を眺める。

「はぁ」

平和だ。

何をするでもなく、朝からぼうっと海を眺めているだけとは、なんて贅沢《ぜいたく》な時間の使い方だろう。いつもなら店の掃除と仕込みに大忙しだというのに。

これが命の洗濯というやつなのだろうか。たまには何も考えずにぽけーっとするのもいいな。そうやってしばらく海を眺めていたら、突然視界が大きな胸で埋め尽くされた。

「勇にぃ？　生きてる？」

「ん？　おわぁっ」

いつの間にか眞昼が俺の前に来ていたようだ。腰を折り、前かがみになって俺の顔を覗《のぞ》き込んでいたため、視界が彼女のどでかい胸でいっぱいになっていたのだ。

「びっくりさせんなよ」

「ごめんごめん、呼んでも反応なかったから気になってさ」

海水に濡れた眞昼の健康的な体は夏の太陽のように輝いて見えた。

「……あのさ、勇《ゆう》にぃ」

眞昼は斜め下に目線を逸《そ》らし、

「なんだ？」

「……あっ、いや、やっぱいいや」

「あ？」

「なんでもないって」

眞昼は踵《きびす》を返し、海の方へ駆けていく。

「なんだ、あいつ」

気分もすっかり回復したし、酒も抜けた。俺もひと泳ぎするかな。水着に着替えるため、別荘に向かった。

＊

実業団チームにスカウトされたって言ったら、勇にぃはなんて言うだろうか。びっくりしてひっくり返るかもしれない。

応援してくれるかな。それともあたしと離れ離れになるのは嫌だって言うかも……いや、それはないな。

勇にぃは優しいから、きっと自分のことのように喜んでくれるだろう。よかったな眞昼って言う姿が簡単に想像できる。

……勇にぃはあたしが遠くに行っちゃうのは平気なのかな。練習や試合で自由な時間はめったに取れなくなるだろうし、静岡との距離も遠い。

勇にぃとはもう離れたくない。

あたしはどうするべきなんだろうか。

＊

二日目の夜は浜辺でバーベキューをすることになった。前回は俺と朝華と華吉《はなよし》さんだけだったが、今回は総勢十三名。やはりバーベキューは大人数の方が楽しいな。

夜の静かな海にパチパチと火の爆《は》ぜる音が響く。空に雲は少なく、散らばった大小の星々が淡い光を放っていた。

「はい焼けたわよー」

母が子供たちの皿に肉を配っていく。

「美味《おい》しいね」

未空《みそら》が笑顔で言う。

「うん」

芽衣《めい》は満面の笑みで肉を頰張る。

「ママ、これあーげる」

龍姫《たつき》は光《ひかり》の皿にカボチャを乗せた。

「こら、野菜も食べなさい。もうっ」

「へへーん」

龍姫はグリルを迂回《うかい》して未夜たちの方へ駆けて行った。

「私、バーベキューって初めてです」

芽衣が俺の隣に来てそう言った。口元にタレがついているのが可愛《かわい》らしい。

「そうなのか。どうだ？　楽しい？」

「はい」

「そりゃよかった」

「えへへ」

「芽衣ちゃん、ほっぺにタレがついてるぞ」

「へ？」

「私が拭いてあげますね」

背後から現れた朝華《あさか》がハンカチで芽衣の口元を拭う。

「はい、綺麗《きれい》になった」

「ありがとうございます」

「どういたしまして。勇にぃ、昨日みたいにならないようにお酒は控えた方がいいですよ」

「そうだな。この一本で打ち止めにしとくよ」

二本目の缶ビールを軽く振る。

「ノンアルコールビールもありますから」

「おう」

聞いた話では、昨晩酔い潰れてしまったのは朝華の姉――たしか灯華《とうか》といったか――が持ってきてくれた度数が六十度もある酒を飲んでしまったからのようだ。そんな度数の酒がこの世に存在することはもちろん、それを平気な顔で飲めるやつがいるなんて、世界は広いな。

朝華も言っていたが、今日はほどほどにしておこう。

「そういや未夜、もう書き終わったか？」

「ん？」

未夜は緑茶を一口飲んで、

「あとはエピローグだけだから、明日には終わるよ」

「そうか。楽しみだな。完成したらまず俺に読ませろ」

「分かってるってー」

「なんの話で盛り上がってんの？」と眞昼《まひる》。

「未夜と一緒に作った小説だよ」

「なんだ、それはパス」

「ふふふ、お前にも読ませてやろう」

「いやいいって。文字だけの本なんて一ページ読むだけで頭痛くなるから」

「お前、今までどうやって生きてきたんだ……」

浜辺のバーベキューのあとは事前に買っておいた花火を楽しんだ。夜の闇に様々な色の光が飛び交う。

「綺麗ですね」

朝華がぽつりと言った。

「そうだな」

「とても楽しかった……」

「そうだな」

夏の最後を締めくくるにふさわしい、楽しい旅行だった。

「この旅行、毎年の恒例行事にしちゃいましょうか」

「おいおい、いいのか？」

「はい。お父さんには私から言っておきます」

そう言って、朝華は微笑《ほほえ》む。

「よーし、行くぞ」

たっちゃんが筒形の花火に火をつける。まもなくして、夜空に大きな花が咲いた。

その後、花火大会を楽しんだ俺たちは順番に風呂へ入り、それぞれの寝室へ戻った。

「ふう」

露天風呂から上がった俺はベッドに横になる。湯上がりのほわほわした感覚と酔いが合わさり、なんともいえない快い気分だ。

明日でこの旅行も終わりか。

食って飲んで遊んで、とても楽しい時間だった。明日の夜は自分の狭い部屋のベッドの上か。寂しいような気もするが、静岡の空気を求めている俺もいる。

また来ればいいさ。

朝華も夏の恒例行事にしたいと言っていたし、今年限りというわけじゃないのだから。

「うーん」

だんだんと睡魔が忍び寄ってきた。

視界がぼやけ始める。

そして俺は眠りについた。

7

「ん、ん？」

腹部に圧迫感を覚え、俺は目を覚ました。消したはずの電気がついている。

眠りについてから、体感で一時間も経《た》っていない。尿意で起きたわけではなさそうだ。

「なんだ？」

この感じ、誰かが俺の上に乗っている？

視線を体の方へ転じる。すると、一瞬で眠気が醒《さ》めた。

「あ、朝華」

「勇にぃ」

朝華が俺の腰の辺りにまたがっていたのだ。

驚くべきはその装いである。レースをあしらった、薄桃色のネグリジェ一枚とパンツのみ。しかも生地が透けている。朝華の大きな胸とその先端が薄い布越しに……

「朝華、な、何を」

「何って、夜の部屋に男女が二人きりなんて、やることは一つしかありませんよね」

「は、はぁ!?」

「私、もう知ってますよ」

朝華はとろんとした声で続ける。

「赤ちゃんのつくりかた」

「お前、何を言って――」

その瞬間、頭の奥底から遠い思い出の情景が浮かび上がった。

『赤ちゃんはどうやってできるんだろう』

そう純真な目をして呟《つぶや》いた、子供の頃の朝華の姿が蘇《よみがえ》ったのだ。

あれは夏休みの自由研究のテーマを考えていた時だったか。子供にとって日常は疑問の連続だ。だから、それについて不思議がっても不自然なことではない。

男と女が交わり、新たな命が芽生えるその行為。

子供が知るには早すぎると、当時の俺はごまかすのに精いっぱいだった。しかし今の朝華はもう高校三年生。彼女はもう知っているのだ。そう、知っていて当然……

どうすれば赤ちゃんができるのか、を。

そしてそのために何をする必要があるのか、を。

「朝華……お前」

「ふふっ」

朝華の白い指が俺の腹をさわさわと撫《な》でる。

「なんのつもりだ」

「なんのって、今言ったじゃないですか。夜の密室に男女が二人きりなんですよ？　こういう時、何をするんでしょうね」

「からかうのはやめろって」

「私、冗談でこんなことしませんよ？」

熱を帯びた視線で俺を見下ろす。

「勇《ゆう》にぃ、好きです」

「は、はぁ？」

思いもよらない言葉が飛び出した。朝華が俺のことを好き？

「大好きです。愛してます」

「……!?」

言葉が出ない。

たしかに朝華はべったりと、時にはまるで恋人のように接してくることが何度かあったが、それは昔と同じように子供として甘えているだけだ。思い出を心の支えにしていた朝華が子供時代を彷彿《ほうふつ》とさせるような行動をとるのは不思議なことではなかった。

だから朝華が俺に抱《いだ》いている感情は子供が大人を慕う気持ちの延長であり、彼女の好意は恋慕であるはずがない。それをきっと、朝華自身が勘違いしてしまってるのだ。

　俺は朝華から視線を逸《そ》らして、

「……馬鹿。お前は、か、勘違いしてるだけだ」

「勘違い？」

　朝華は思い出を失う恐怖から逃げるために、俺に依存しているうちに、俺を兄貴分として慕う気持ちを恋愛感情だと思い込んでしまっているのだ。そうに違いない。

「もう少し世界を見ろ。お前はまだ、立ち止まっているだけなんだ。前を向いて、独り立ちできるようになれば見える世界も変わるはずだ。そうすりゃ、お前が本当に心から好きと言える男がいつか——」

「はぁ」

　朝華は溜《た》め息《いき》をつく。

「勇にぃは鈍感だから、この際はっきり言いますね。私は勇にぃのことをお兄ちゃんとは思ってません」

「え？」

　朝華は胸に手を当てて、

「一人の男性として好きなんです」

「だからそれは……」

「この気持ちは今に始まったことじゃありません。私は十年前からあなたのことが好きでした」

「っ！」

「明確にこれっていうきっかけはなかったんですが、あなたとお別れをしたあの日には、もうあなたに恋をしていました。勇にぃは私のことが嫌いですか？」

「そ、そんなわけないだろ。でも」

「でも？」

「こ、こんな、付き合ってもないのに……」

「勇にぃってそういうとこがお堅いですよね」

朝華はくすりと笑って、

「お酒と夏の夜のせいにしちゃいましょう。盛り上がってしちゃうのは、よくある話ですよね」

「ほ、ほかのやつらもいるんだぞ」

今この別荘にいるのは俺たち二人だけではないのだ。

「そうですねぇ、もし二人一緒の部屋で朝を迎えたら、みんなにも何をしてたか、勘付かれちゃいますね」

その場の気分に流されて女子高生を抱いたということが知られてしまえば、大変なことになる。ここには華吉《はなよし》さんも俺の両親もいるのだから。

「そ、そんなことになったらどうすんだよ」

「そうなったらセキニン取ってくださいね？」

朝華《あさか》は俺の体に倒れ込んでくる。

「ば、馬鹿を言うな」

くらくらするような艶《なま》めかしい香りが鼻から脳に届き、柔らかな朝華の体が俺の体に沈み込む。火に油を注いだように、劣情が燃え上がった。それを抑えるため、俺は必死に父とたっちゃんと華吉さんと一緒に入った露天風呂の記憶を思い出す。

「ぐっ」

しかし、抵抗もむなしく全身の血液が下半身に押し流されるような気がした。

「私、初めてなので優しくしてください」

俺の首に顔をうずめ、朝華は囁《ささや》く。髪の匂いが鼻腔《びこう》をくすぐり、どくん、と自分でも分かるくらい胸が強く鼓動を奏でた。俺だってこんな事初めてだ。

「……」

首筋に染み込む吐息。

髪から漂う甘い香り。

全身で感じる朝華の重みと体温。

柔らかくて、あたたかい。

「……」

お、俺はどうするべきなんだ。手を伸ばせば、朝華のお尻にすぐに手が届いてしまう。

いやそんなこと、考えるまでもないじゃないか。

引き離せ、俺。

相手は朝華だぞ。子供の頃から知っている妹のような存在の娘に、アラサーのおっさんである俺が手を出していいはずがない。

朝華を引き離すんだ！

十歳以上も離れた、しかも現役の女子高生だ。

引き離せ。

引き離すんだ！

間違いが起きる前に！

「離れるんだ、朝華！」

「あっ、勃った」

俺の本能は完全にその気になってしまっていた。これまでにないほどの昂《たか》ぶりが下半身に濃縮されている。

「朝華、ダメだって、本当に……」

「そんなこと言って、体の方は正直ですね」

「うぅ……」

「がちがちですね。すごいおっきぃ」

「馬鹿野郎」

どうしようもない自己嫌悪が俺を襲う。

最低な男だ。妹分を相手に情欲を抱くなんて、恥を知れ。しかし、それと同等いや、それ以上の興奮が俺の体を駆け巡っている。

朝華の蠱惑的《こわくてき》で華やかな体臭が、甘く響く声が、密着した肌の柔らかさが、俺の脳をとろかせる。この欲望に身を任せてしまえたら、どんなに楽だろうか。

「はぁ、はぁ」

「勇にぃ、好き」

朝華は体勢を変え、体を起こしたかと思うと、俺の顔に自分の胸を押し付けるようにして再び抱き着いてきた。

深い谷間に挟まれ、その奥底に俺の顔が沈み込んでいく。

ふわふわでもちもちでいい匂いがして、あたたかい。

「ふふ、お好きですか？」

お好きですが、ダメだ耐えろ。

「触ってもいいんですよ？」

悪魔的な誘惑に、やがて理性が溶けていく。

「ぐっ……」

朝華は左手で俺の頭を抱えたまま、もう片方の手で俺の一番大事なところをズボン越しに撫で始めた。

「我慢しなくてもいいんですよ？」

さわさわと、さわさわと……

「うぐぐ」

耐えるんだ俺。

「楽になっちゃいましょう」

「あ、朝華」

その一線だけは、絶対に越えてはいけないいんだ。

＊

「うーん」

眠れない。

色々な体勢を試してみるが、睡魔はやってこない。ベッドに横になってからもう一時間は経《た》っただろうに。

昔からそうだ。嫌なことがあったり、悩んでいることがあると寝つきが悪くなる。目を瞑《つぶ》っていても頭の奥が活発に動き、色んなどうでもいいことが浮かんでは消え、まるで眠くならない。

そして寝よう寝ようと焦って、余計に脳が働く悪循環だ。

「勇にぃ……」

結局、スカウトのことは勇にぃに話せなかった。

ただ、やっぱり勇にぃには伝えておかなきゃいけないと思う。どうせ親伝いに知られてしまうのだから、自分から言うのが一番だ。

勇にぃは熊本に行くことを勧めるだろうし、ほかのみんなもうあたしが誘いを受けるだろうと信じ込み、期待してしまっている。

でもあたしはずっと勇にぃのそばにいたい。どれだけ反対されようと、ようやく手にした四人で過ごす日常を失いたくない。

だけど、そんな理由で大きな誘いを蹴るなんて、普通の感性じゃないよね。だから断ろうと思ってることは誰にも言えてないし、まだ言えない。

「起きてるかな」

今すぐ答えが欲しいわけではないし、あたしの中ではっきりとした決断ができているわけでもない。でも勇《ゆう》にぃに話せばそれだけで気持ちが楽になるような、そんな気がした。

時計を見るともう午前一時。

あたしはベッドから下りた。

廊下に出たその瞬間、ほぼ同時に扉を閉める音が聞こえた。すぐ横、勇にぃの部屋からだ。

勇にぃは起きていたようだ。

露天風呂にでも行っていたのだろうか。それとも下で何か食べてたのかな？

かちゃり。

ややあって、暗い廊下に鍵を閉める硬い音が響く。

「？」

なんで鍵を閉めたのだろう？

知り合いしかいない別荘の中で……

違和感が頭の中を巡っていく。

その時、廊下の奥、朝華の部屋の扉が開いていることに気づいた。不穏な想像が頭をよぎる。

いや、まさかね。

しんと静まり返った、薄闇の中をそろそろと歩く。ほんの数メートルの距離なのに、とても長く感じた。

「朝華？」

どこにいる？

朝華の部屋を覗《のぞ》くも、そこには誰もいなかった。

そしてあたしはリビング、キッチン、屋根裏部屋、露天風呂、トイレに物置と、別荘の中を隅々まで捜してみたが、朝華の姿は見つからなかった。

ある場所を除いて。

残るは勇にぃの部屋だけだ。考えられるのはここしかない。

じゃあ、さっき部屋に入って鍵を閉めたのは勇にぃじゃなく、朝華？

だったらなんでわざわざ鍵なんか……

嫌な想像がどんどん膨らんでいく。胸が張り裂けそうな気分だ。

何度も聞こうと思っていた。キャンプの時や、宮おどりの時に尋ねかけたが、結局できなかった。聞けるわけがないじゃん。

朝華って勇にぃのこと好きなの、なんて。

朝華が勇にぃに恋をしていると仮定して、深夜に密会をするってことは、今、二人は中で……

あたしは頭をぶんぶんと振る。

いや、そんなことないって。

二人はまだそんな関係のはずがない。

「……」

たしかめたい。

でも勇にぃの部屋は鍵が閉まってるから入れないし……そうだ。

たしかベランダは片側の全部の部屋と繋《つな》がっているはず。あたしは自分の部屋に取って返し、窓からベランダに出た。

強い風が出ていた。林の木々は風に煽《あお》られ、大きく揺さぶられている。まるで今のあたしの気持ちを表しているかのようだ。

雲で月が隠され、ぼんやりとした闇が広がっている。

忍び足で勇にぃの部屋の外まで歩く。都合よくカーテンがしっかり引かれておらず、隙間があった。光が漏れている。

なんでもない。

大丈夫。

ただ、話でもしてるだけだ。

ぱっと見て、なんでもなかったら、廊下の方からあたしも入れてもらおう。そして、二人に進路のことを相談して――

　そしてあたしは部屋の中を覗いた。

　カーテンの隙間から覗いた先に見えたものは、信じられない光景だった。

「……！」

「嘘《うそ》でしょ、朝華《あさか》」

　ショックで思考がまとまらない。

　ベッドの上で、勇にぃに朝華が覆いかぶさるようにして抱き着いている。

　不安は的中してしまった。

　やっぱり朝華は勇にぃのことが好きだったんだ。小さい頃に遊んでくれたお兄ちゃんではなく、一人の男として勇にぃを見ていた。

　ただ、二人が付き合っていたという話は聞いていないし、今までの二人の関係を振り返ってみてもそういう関係だとは思えない。それにもしそういったことになれば、あたしたちの仲だ、必ず打ち明けるだろう。

　漏れてきた会話を聞くに、これは朝華が一方的に夜這《よば》いをかけているだけのようだ。

　でもこのままじゃ勇にぃの理性が崩壊するのも時間の問題だ。朝華は女のあたしから見ても可愛《かわい》くて、魅力的な美少女なのだから。

　あたしがベランダから乱入すれば、さすがに朝華も身を引くだろうけど、そんなことはできない。

あたしなんかと違って、朝華は勇気を出して勇にぃに気持ちを伝えたんだ。それを邪魔するなんて、友達としてできないよ。でも、でも、あたしだって勇にぃが好きなんだ。

このまま黙って二人が結ばれるのを見てるだけなんて……

どうすれば……

頬に当たる風が冷たいと思ったら、涙が流れていた。

＊

「はぁ、はぁ」

呼吸が荒くなる。

「うっ」

無意識のうちに両手が朝華の背中まで迫っていた。

あ、危ない。

あのまま抱きしめていたら、もう戻れなくなるところだった。

「これ以上は、冗談じゃ、すまなくなるぞ」

「私は最初から本気ですよ」

「……朝華」

「もう、しょうがない人ですね」

そう言って朝華は体を起こす。

よかった、分かってくれたようだ。

朝華の体が離れ、名残惜しい気もするが、これで間違いが起きることはなくなった。

「勇にぃも起き上がってください」

「お、おう」

すると朝華が今度は俺が横になっていた場所に寝転ぶ。

「え、朝華？」

顎を引き、桃色の唇に人差し指を当てる。俺を見上げる視線は火傷《やけど》しそうなほどの熱を帯びていた。ネグリジェから透ける朝華の凹凸の激しい体に一瞬で目を奪われる。

目を背けようとしても、なぜか視線は朝華にがっちり固定されてしまっていた。

下半身の興奮は治まらない。むしろ、さらに悪化したように思う。先ほどよりも息苦しさが増し、劣情の炎が燃え上がる。この膨張した苦しみを解き放ちたい！

その欲望が、俺を侵食していく。

「どうぞ、したいようにしていいですよ」

朝華も緊張しているようで、胸が大きく上下している。鎖骨にはうっすら汗が浮かび、物寂しそうに太ももをもぞもぞと擦《こす》り合わせていた。

艶《つや》やかな黒髪、豊満な胸、引き締まった腰に白い肌、そしてむっちりと肉が詰まった下半身。女として見た朝華は、もう俺の知っているクソガキではなかった。

「どうぞ、召し上がれ」

「……朝華」

俺は生唾を飲み込み、気づくと体を少し前に倒していた。何かが自分の中でぷつん、と切れたような気がする。

「……」

もう、いいんじゃないか？

これ以上我慢してなんになる？

朝華の匂いを胸いっぱいに吸い込みながら、俺は少しずつ前のめりになっていく。

「さあ、勇にぃ」

「おいで」

「あぁ」

馬鹿、やめろ、止まれ！

しかし、俺の体は俺自身の命令を無視する。

目の前に広がる快楽に、そのまま溺れようとしている……

甘く香り立つ、朝華の体臭が俺を搦《から》め捕る。

「朝華」

「優しくしてください」

朝華の手が俺の首にかかり、彼女は目を閉じる。

「ああ」

少しずつ、二人の距離が狭まっていく。

「勇《ゆう》にぃ、好き」

もう、何も考えられない。

分かっていることは一つだけ。

目の前の極上の体を味わい尽くすまで、俺はきっと止まらないだろうということ。これはもう俺のものなんだ。

この雌に、煮えたぎる肉欲を全てぶつけてやる。

俺の雄としての本能がそう叫んでいる。大人の男を誘惑したらどうなるか、その身をもって分からせてやるんだ。あとのことは……終わってから考えればいいさ。

「朝華」

「勇にぃ」

朝華の華奢《きゃしゃ》な肩を摑《つか》むと、びくん、と彼女の体が小さく跳ねた。密着した肌から朝華の熱が伝わってくる。

薄桃色の唇に、俺の唇が近づいていく。

二人の唇が触れ合うまで、あと数センチ……

そして――

Prrrrrr

「――!」

その音が耳に届いた瞬間、俺を支配していた性欲はお湯に放った氷のように一瞬にして消え去り、代わりに凍り付くほどの寒気が体を貫いた。

「ひっ、あああ」

体が跳ね上がり、背中からベッドの奥に倒れていく。

天井がぐるぐると回転し、頭の中であの地獄の日々がフラッシュバックする。

上司の怒声。

過酷な労働。

『有月《ありつき》、明日は四時に早出してくれ』

『有月、今日残ってくれるか?』

『残業代なんてな、出ないのが当たり前だぞ』

『有休を取るやつは社会人失格だぞ。働かずに金を貰《もら》うなんて恥ずかしいと思わないのか』

『甘えんな』

『ここで辞めたら今までの努力が無駄になるぞ？』

『納品ミスがあってな、届けてきてくれ』

『俺は、今からお前たちを殴る』

『あと少し頑張ってくれないか？』

『有月』

『有月』

『有月』

「ああああ、うああああああ」

「あっ、ご、ごめんなさい。マナーモードにし忘れていました」

朝華がベッドから下り、近くのテーブルに手を伸ばす。トラウマの着信音はいまだに克服できていない。

「ひぃ……」

音が止《や》んでも、しばらくの間体の震えは治まらなかった。

「勇にぃ、大丈夫ですから」

朝華《あさか》が泣きそうな顔で俺を抱きしめる。

「はぁ、はぁ……朝華」

「何も怖くないですよ」

背中をさすり、俺を落ち着かせるように優しい言葉をかけ続けてくれた。

「ふぅ、はぁ、ありがとう」

落ち着く頃には、自己嫌悪と情けなさでいっぱいだった。頭が冷静になるにつれて、後悔の念が押し寄せてくる。

俺の馬鹿野郎。お前は今、何をしようとしていたんだ？

朝華を、小さな頃から知っている可愛《かわい》い妹分を、抱こうとしていたんだぞ。一時の感情に身を任せて、女子高生に手を出そうとしてたんだぞ。

「勇にぃ、もう大丈夫ですか？」

「ああ、ありがとな」

「ごめんなさい、マナーモードにし忘れていて」

「いや、いいんだ。それより、かけ直さなくていいのか？」

「それが、非通知でして」

こんな深夜帯に非通知で着信が来るとは恐ろしい。

「興が冷めてしまいましたね」

朝華は悲しい声を出す。見ると、うっすらと涙が浮かんでいた。

「朝華、すまなかった。怖かっただろ」

「何がです？」

「欲に流されて、お前のことを、その、抱こうとした」

「私が誘ったんですから、気にしなくていいんです」

「俺にとって、お前は可愛い妹の一人なんだ。そんなお前に、たとえ一瞬でも性欲を向けてしまった自分が……恥ずかしぃ」

「勇にぃ、私がさっき言ったことは全部本当ですよ。私は勇にぃが好き。一人の男性として」

「……」

「だから、勇にぃが私を女として見てくれたことが嬉《うれ》しいんです」

朝華は勝ち誇るように言う。

「朝華、それは」

たしかに、さっきの俺は朝華を女として見てしまっていた。それは紛れない事実だ。

「勇にぃは私のことが嫌いですか？」

「嫌いなわけないだろ。でも、妹分にそんな気持ちを抱くなんておかしいって」

「もう私は子供じゃありません」

「俺からしたら、まだまだ子供だ。お前がこんな小《ち》っちゃな頃から知ってるんだぞ」

床から一メートルぐらいの高さのところに手のひらを水平に置く。

「人を好きになる気持ちに大人も子供もありませんし、年齢も関係ありません。それに、これで意識してくれるようになりましたよね」

「……ノーコメント」

「ふふっ、それでいいです。今日のところは、もうそんな雰囲気じゃありませんね。残念ですけど帰ります」

朝華はゆっくりと立ち上がる。俺は透けているネグリジェから目を逸《そ》らした。

「ああ」

「今回は色々と飛び飛びでしたしね。続きは二人きりの夜までお預けです」

「朝華、俺は――」

「勇にぃ、愛してます」

そう言い残して、朝華は部屋から出て行った。

＊

朝華が部屋から出て行ったのを見届けて、あたしも自分の部屋に戻った。

よかった。間一髪だったよ。

なんとかこの場を収めることができた。

多少強引だったけど、これ以外に方法が見つからなかった。

ごめん、朝華。ごめん勇にぃ。

「ひっく、ぐす」

よかったはずなのに、なぜか涙は止まってくれなかった。

8

翌朝、俺の部屋にやってきた朝華は普段と変わらない様子だった。昨晩あんなことがあったにもかかわらず、平然としている。

「おはようございます、勇にぃ」

「お、おはよう」

白いTシャツに黒いミニスカート。不意に昨夜透けて見えた朝華の艶《なま》めかしい体が幻影として浮かび上がり、俺は頬を両手で引っぱたく。

「ゆ、勇にぃ？　どうしたんですか？」

「いや、なんでもない」

「？」

こいつ、どうしてこんなに平気でいられんだよ。これじゃまるで本当に朝華を女として意識してるみたいじゃねぇか。

顔が熱い。

冷房は利いているのに、体が火照って火照ってしょうがない。

いや待てよ、もしかしてあれは俺の脳みそが見せた夢だったのかも……

そうだ、それならなんの問題もない。

「勇にぃ、昨日は暴走しちゃってごめんなさい」

夢じゃなかった。

「朝華、あれは……」

「昨日も言いましたけど、私は勇にぃのこと、好きです」

朝華は顔を赤らめて、俺をじっと見据える。

「冗談でもからかってるわけでもありません。勇にぃにとって、私はまだ子供かもしれませんが、いつか絶対にオトしてみせますから」

「オトすって……」

「えへっ」

本気だ。

未夜《みや》や眞昼《まひる》のように知り合いのお兄ちゃんとしてではなく、こいつ、本気で俺のことを男として見ているのか。嬉しいような寂しいような、複雑な気持ちだ。

こういう時、どう返せば正解なのだろう。

「……」

何も言えない自分が情けない。

「覚悟、していてくださいね」

「うっ……」

朝華は笑顔を見せ、部屋から出て行った。

＊

「せっかく既成事実を作ろうと思ったのに」

自室に戻った私はスマホを手に取る。

証拠の写真や映像を撮ろうと思って持っていったスマホが仇《あだ》となるとは。こんなことなら最初に写真を撮っておけばよかった。

着信履歴に残る非通知の文字。あ、あんな時間にいったい誰が……？

＊

「あれ？　眞昼がいねぇな」

朝食の席に眞昼の姿がなかった。

「私、呼んでくるよ」

未夜が席を立つと同時に眞昼がやってきた。

「おはよ」

「おお、遅かったな」

「あ、うん。ちょっと、寝すぎちゃったみたい」

そう言う割には、目の下にクマができているように思うが……

顔色も少し悪いんじゃないか？

「眞昼ちゃん、もういいの？」

朝華が怪訝《けげん》そうに言う。

「うーん、もうお腹《なか》いっぱい」

食欲もないようで、朝食を少し残していた。あの健啖家《けんたんか》の眞昼が珍しい。

「気分悪いの？」

「いや、大丈夫。ちょっと寝すぎて変な調子になってるだけだから」

「そう？　ならいいけど」

食後のティータイムを終え、各々自由な時間を過ごす。

「眞昼ちゃん、海行こう」

未空《みそら》が眞昼の下へ向かった。

「ママと眞昼ちゃんどっちがバレー強いか見てみたい！」

龍姫《たつき》が光《ひかり》の手を握る。

「いいよ」

ソファーに横になっていた眞昼は、体を起こした。

「おい、眞昼、お前大丈夫か？」

「大丈夫って、何が？」

「体調、本当は良くないんじゃないか？」

眞昼は一瞬真顔になったが、すぐに笑顔を見せて、

「そんなことないって」

「無理すんなよ」

「……うん。大丈夫だって」

眞昼はそのまま子供たちと一緒に出て行った。そこへ入れ違いに未夜がやってきた。

「勇《ゆう》にぃ。小説完成したよー」

未夜は俺の手を引っ張る。

「お、できたか。どれどれ」

リビングから出る際、朝華《あさか》とすれ違った。薄桃色の唇に指を当て、俺にだけ見える角度で投げキッスをしてきやがった。

昨晩の昂《たか》ぶりが蘇《よみがえ》りかけたので、俺は窓際のロッキングチェアでだらけていた父を凝視する。

「な、なんだ勇」

「いや別に……」

「勇にぃ、早くー」

「分かった分かった――」

それから俺たちは夕方頃に別荘を発《た》つまで、湘南《しょうなん》の夏を満喫した。

長いようで短かった三日間の小旅行。

夕焼けに見送られながら車に乗り込み、楽しい時間を過ごした別荘をあとにする。眞昼は遊び疲れたようで、助手席に座って十秒と経《た》たずに眠ってしまった。

「また来年も来たいね」と未夜。

「そうだね」

朝華は微笑《ほほえ》む。こうして、二泊三日の湘南旅行は幕を閉じた。

＊

あとになって思い返せば、この旅行こそが俺たちの関係を大きく変えた最初のきっかけだったのかもしれない。

エピローグ『楽しかった夏休み』

1

湘南旅行の翌日、俺は外神《とがみ》家へ向かっていた。祖父母と夕陽《ゆうひ》にお土産を渡すためだ。西に連なる雄大な山々を横手に見ながら、平原をシビックで駆け抜ける。

湘南は楽しかったけれど、静岡人である俺はやはり富士山が景色の中にないと落ち着かない。

そう、楽しかった……

「……」

一人の時に気を抜くと、朝華との一件が悶々《もんもん》と頭に浮かんでしまう。柔らかく、甘い朝華の……

ダメだダメだ。

何を思い出してるんだこの馬鹿っ。

「うおおおおお」

レブぎりぎりまで思いきりブン回し、雑念を振り払う。

だいたい朝華は高校生なんだ。いくら朝華が好意を寄せてきても、それを受け止めるには社会の目という壁がある。未成年淫行でお茶の間に名前が流れたらそれこそシャレにならない。

しかし、あのまま着信がなければ遂《つい》に俺も大人の男になれたというのにもったいない……じゃない。

なんでちょっと残念がっているんだ。誰だか知らないが、朝華の携帯に電話をかけた某《なにがし》のおかげで間違いを犯さずに済んだ。

あのままだったら、俺は確実に朝華に手を出してしまっていた。俺は大人なんだ。俺がしっかりしないといけないのに、頭の中に浮かんでくるのは、あの夜の朝華のぬくもりと声ばかり。

そんなことを考えていたら、いつの間にか外神家に到着していた。気持ちを切り替え、畑仕事をしていた祖母に声をかける。

「よっ、婆《ばあ》ちゃん」

「あら、勇ちゃん、いらっしゃい」

「ほら、これお土産」

酒飲みの祖父母には湘南の名店の塩辛と地酒を買ってきた。

「あれま、ありがとね。どこ行ってきたんだい？」

「ちょっと湘南にね。爺《じい》ちゃんは？」

「今、買い物に行ってるよ」

「じゃあ夕陽ちゃんいる？」

「部屋にいるよ。まあ上がんなさい」

「お邪魔します」

夕陽はリビングでテレビを見ていた。長い金髪をツインテールに束ね、白いTシャツに黒いハーフパンツといった夏らしい服装だ。ソファーに深くもたれて、ローカル旅番組に見入っている。

「あれ？　勇じゃん。いらっしゃい」

「お邪魔するよ。はいこれ」

俺はお土産を渡す。

「え？　何？」

「湘南に旅行に行ってきたからさ、お土産だよ」

「えー、いいなー。なんだろう」

夕陽にはしらすせんべいを買ってきた。

「…………………ありがと」

喜んでもらえたようだ。

「っていうか何？　一人で行ったの？」

「いや、うちの親とか知り合いとか、大勢でね」

「いいなぁ、夕陽も行きたかったなぁ」

「そっか、夕陽ちゃんにも声をかけとけばよかったね」

「今度行く時は絶対夕陽も誘うんだよ」

「分かった分かった」

「海とか行ったの？」

「行ったというか、目の前がもう海だったよ。海のそばの別荘を知り合いが持ってて、そこに泊まらせてもらったんだ」

「ああー、いいなぁ、いいなぁ」

夕陽はソファーでじたばたし始める。

「夕陽も可愛《かわい》い女の子と海で遊びたい」

「えっ、なんでそれをっ？」

「は？」

「え？」

「今のは夕陽の願望なんだけど……何？　女の子も一緒だったわけ？」

「いや、まあ」

「へぇ、やるじゃん」

「いや、別にそんな関係じゃないって。知り合いってだけだから」

「ふーん」

夕陽はにやにやする。これは変な勘違いをされてしまっているみたいだ。

その時、なぜか朝華のことが頭に思い浮かぶ。夕陽には以前、女子高生と親密になるのは社会的にまずいと釘《くぎ》を刺されたばかりだ。このことは絶対に言えないな。

「今度夕陽にも紹介しなさいよね」

「だから違うんだって」

「勇、来てるのか」

その時、祖父が帰ってきた。

「あっ、爺ちゃん」

祖父にも土産のことを伝える。

「じゃあさっそく飲んでくか？」

「いや、午後から店に戻らないとだから」

「そうか、で、どこ行ったんだ？」

「ちょっと湘南にね——」

＊

「眞昼《まひる》、晩ご飯できたよ」

ママが部屋に入ってくる。あたしはベッドに横になりながら、天井を見つめていた。

「……いい」

「いいって、あんたお昼も食べてないじゃないの」

「食べたよ、おにぎり一個」

「どこか体調悪いの？」

「大丈夫、あんまり食欲ないだけだから」

「……そう。でも栄養は取らないと。明日からまた部活でしょ？」

「……うん」

「何か悩みでもあるの？」

「っ!?」

「進路のこと？」

「……」

あたしは立ち上がる。

「眞昼？」

「お風呂入る。大丈夫だよ、ご飯も食べるから。疲れてるだけだって」

無理やり笑顔を作って、逃げるように部屋をあとにする。

とにかく、一人になりたかった。

脱衣所で衣服を脱ぎ、浴室へ。

体を洗って湯船に顔まで浸《つ》かる。

「……」

ずっと四人でいたかった。

勇《ゆう》にぃ、未夜《みや》、朝華《あさか》、そしてあたし。

今までの関係のまま、ずっと……

でももし、朝華が勇にぃと付き合ったら……

「はぁ」

ずっと四人で一緒にいたい。それであたしは満足だった。だから、この夏休みはとても楽しかった。小学校一年生の夏に始まったあたしたち四人の日常が再び戻ってきたから
……

「……」

自分の恋心を表に出したら、その結果がどうであれ、今まで通りの関係ではいられなくなる。四人の関係を壊したくなくて、勇にぃに拒絶されたくなくて、ずっと勇にぃのそば

にいたくて……

だから、ずっと気持ちを隠してきた。

でも朝華は違う。

朝華も勇にぃのことが好きなのだ。旅行の最後の夜に勇にぃに想《おも》いを伝え、本気で勇にぃを落とそうとしている。

今になって思い返せば、朝華は露骨なまでに勇にぃに想いを向けていた。例えばあのマグカップ。朝華はキャンプのために四人でお揃《そろ》いのカップを作ったと言っていたけれど、ハートのマークのカップを勇にぃと自分に割り当てていた。

あれはおそらく、ペアカップを悟られぬようにあたしと未夜の分を別のマークで追加し、カモフラージュしただけなのだ。

あたしは勇にぃのそばにいることができればそれで満足だった。恋人同士じゃなくていい。ただ、あの人ともう離れたくないだけ。

でも、もし朝華が勇にぃと付き合い始めたら、恋人になった二人をそばで見続けていかなくちゃいけないの？

そんなのって……

涙が少し出てきた。

あたしはどうすればいいんだろう。

誰か答えを知っているなら教えてほしい。

＊

「お母さん、コピー機使うよ」

「何に使うの？　未夜」

「ちょっと小説を印刷するんだ」

私はノートパソコンとコピー機を繋《つな》ぐ。

「ふっふっふ」

勇にぃと一緒に作り上げたこの小説。贔屓目《ひいきめ》なしに見ても、けっこうな作品だと思う。怪しげな館に住まう謎の一族と偶然迷い込んだ探偵。薄幸の美少女と怪しい一族の血塗られた歴史に凄惨な殺人事件。ロジックを積み重ね、やがて全ての謎が解けていく……

本格ミステリってのはこういうのでいいんだよ。

あとは推敲《すいこう》をして出版社に送るだけ。推敲はパソコンの画面で読むより紙に印刷して読んだ方がやりやすいのだ。紙のものに比べると作品に没入できないし、画面の文章って読んでるとなんだか目が痛くなるんだよね。

だから私は小説の電子書籍もほとんど買わない。

本は紙が一番だ。

原稿の束とボールペンと付箋を持ち、ソファーに腰かける。

「……あっ」

こうして改めて作品を読み返してみると、けっこう誤字脱字があったりする。また、もっといい表現や言い回しを思いつくこともあり、推敲は大事な作業だと実感する。

「おねぇ、お風呂空いたけど」

しばらくして湯上がりの未空《みそら》が下着姿でやってきた。ぺたぺた、と足音を立てながら。

「んー、まだいいや」

長丁場になりそうな予感。

「じゃあ俺が先に――」

父が立ち上がる。

「やっぱ私が先に入るー」

＊

「やです」

「いや、やです、じゃなくてな」

華吉《はなよし》は頭を抱えていた。

「神奈川に戻りたくありません！」

「はぁ」

こう言い出すだろうということは予測していた。

華吉は重い息をつく。

湘南《しょうなん》の別荘で有月《ありつき》と十年ぶりに再会してから、朝華は活《い》き活《い》きと毎日を過ごしていた。鬱屈としていた十年間の姿を見てきただけに、朝華が有月たちと別れて元の生活に戻ることを拒否する気持ちは華吉にも分からないでもない。

「勇にぃとずっと一緒にいたいんです」

「学校はどうするんだ学校は」

「転校します。未夜ちゃんと眞昼ちゃんと同じ学校に九月から通います」

「馬鹿っ！　何を言ってるんだ。進学は推薦で行くんだろう？　今から受験に切り替えても遅いんだぞ」

「進学だけが進路じゃありません」

「何を!?」

頭が痛い。

もう二時間近くこの調子である。

華吉は再び溜《た》め息《いき》をついた。

朝華は甘え上手であるが、ここまでわがままなことを言う子ではなかった。それだけ有月たちとの時間が彼女にとって大事なものであるということなのだろうが、それはそれ、これはこれだ。

学校もまた、彼女の人生において同じくらい大事なものなのだ。

「分かった、朝華。落ち着きなさい。いいか、たしかに勇くんたちとまた離れて生活するのが辛《つら》いという朝華の気持ちはよく分かる。でもな？　静岡と神奈川なんてほんの小一時間の距離じゃないか。日帰りもできるし、休みの日に泊りがけでこっちに来ればいいだけの話じゃないか」

「……」

「朝華」

「とにかく、誰に何を言われても私は神奈川には戻りません」

「朝華！　待ちなさい……はぁ」

どうしたものか。

華吉は電話をかけた。相手は有月だ。彼からも説得してもらいたいのだが、あの朝華の調子ではそれも厳しいだろう。駄目元だ。やって損はない。

「ああ、勇くんか？　ちょっと相談したいことがあるんだが」

事の次第を説明する。

「分かりました。多分無理でしょうけど、俺からもちょっと言ってみますよ」

「あぁ、頼むよ」

さて、朝華が本気でこちらの学校に転校する気なら、方々に色々と話を付けておかないとな。なんだかんだで朝華の頼みは断れない華吉だった。

十分後。

朝華がやってきた。

「帰り支度を始めます」

「え!?」

2

八月最終日。今日は朝華が神奈川に帰る日だ。富士宮駅に未夜と眞昼と一緒に向かい、見送りをすることにした。

西に夕日が沈み、富士山が赤く焼けている。

『まもなく、上り列車が参ります』

アナウンスがホームに流れる。

「朝華ぁ、またねぇ」

未夜は半泣きで朝華に抱き着く。

「何泣いてんだよ、未夜」

眞昼《まひる》が笑う。

「だってぇ、夏休みの間ずっと一緒だったから」

「大丈夫だよ、未夜ちゃん。また土日とか連休になったら遊びに来るから」

「うん、うん。絶対だよ」

「今生の別れってわけでもねーのに大げさだなぁ」

俺がそう言うと、

「十年も帰ってこなかった前例がいるからね」と眞昼がツッコむ。

「うぐっ」

何も言い返せない。

「眞昼ちゃんもして？」

「え？　あたしも？」

眞昼と朝華が抱き合う。恥ずかしいのか、眞昼は少し顔がぎこちなかった。

「じゃあ、最後に勇にぃも」

「いや、俺はダメだろ」

こんな往来で女子高生と抱き合うなんて、確実に通報される。

「……それもそうですね」

「え？」

朝華《あさか》はあっさり言った。なんだか拍子抜けする。

正直、朝華といるとあの夜のことが半ば強制的に思い出されて心臓に悪いのだ。そう思っていたら、朝華は抱き着かずに顔だけ寄せて、

「愛してます」と囁《ささや》いた。

「なっ⁉」

「え？　なんて言ったの？」

未夜《みや》が首をかしげる。アナウンスや電車の音にかき消され、どうやら俺にしか聞こえていなかったようだ。

「なんでもないよ。じゃあ、みんな、ばいばい」

朝華を乗せた電車は東へ向かってゆっくりと動き出した。

楽しかった思い出が鮮明に思い起こされる。

プール、キャンプ、宮おどりに夏祭り、それ以外にも楽しいことがいっぱいだった。そして……湘南旅行。

ひぐらしのもの哀《がな》しい声が聞こえ始める。

夏が、終わった。

あとがき

楽しかった夏休み後編、いかがでしたでしょうか。月を巡るヒロインレースは朝華《あさか》が強烈な一手を打ったことで大きく、そして歪《いびつ》に前進しました。妹分だと思っていた朝華からはっきりと恋慕の情を伝えられた勇《ゆう》は何を思うのか。そしてこの湘南《しょうなん》旅行の一件が勇とクソガキたちの関係にどのような影響を及ぼすのか……

楽しかった、という過去形の表現の意味はこれで理解していただけたかと。

独走状態の朝華はこのリードを維持することができるのか。ひとまずは朝華の夜這《よば》いを唯一知ってしまった眞昼《まひる》の動きに期待？　眞昼はずっと四人で一緒にいたい、今の関係性のままでいたい、という想《おも》いを隠しているので朝華の動きはその願いを真正面からぶち壊すものなんですよねぇ。

未夜《みや》が今のところヒロインレースに深く絡んでこない（というか気づいていない？）以上、眞昼がなんとかするしかない。頑張れ、眞昼！

天然VSボーイッシュVSヤンデレ。この戦いはどのようにして決着を迎えるのでしょうか。こういったヒロインレース物はサブヒロインなら負けても仕方ないとは思いますが、クソガキは三人のヒロイン全員がメインヒロインだからねぇ。困ったねぇ。

また今巻で遂《つい》に鉄壁聖女最後の一人にして『夕』を務める外神夕陽《とがみゆうひ》が現代パートに本格登場しました。『夕』の称号は館西夕木《かんざいゆき》から外神夕陽に譲ってやるとしましょう。満を持して登場した夕陽ですが、勇から無自覚のセクハラを受けまくり、再会当初はいい印象を抱いていなかったようですね。ただ、夏休みが終わる頃にはなんだかんだ仲がよくなったそうで作者も一安心。

勇夕コンビは本当の意味で兄妹のような距離感で描いているので、夕陽のストーリーにおける立ち位置やポジションはどちらかというとヒロインではなくお助け妹系キャラになりそうな予感……？

さて、話は変わりまして現在企画進行中のコミカライズですが、このあとがきを書いているのがコミカライズ決定の告知をした翌日なので、四巻発売時点でどこまで進んでいるのか、どこまで情報を出してよいのかはこのあとがきではなんとも言えません。すまぬ、すまぬ……

クソガキのコミカライズが決定し、企画が立ち上がったのが去年の十月の終わり頃。そこから読者の皆様に情報解禁となったのが今年の二月半ば。約四か月ほどでしょうかね。この期間の私は早くコミカライズ決定の告知をしたすぎてむずむずそわそわしながら日々を過ごしておりました。

基本的に得た情報はどんなに小さいものでもすぐに言いたくなる性分なので、とてもむずがゆい四か月でした……

すでに漫画版のキャラデザなどは頂いていまして、その素晴らしいイラストに私はにやにやしております。クソガキのキャラクターたちがしっかり『漫画』の世界に落とし込まれていて、漫画家の先生（まだ解禁できません）、しゅごい、となりました。

まさか自分の脳内で生まれた作品が本になり、遂には漫画にまでなるなんて、作家を志して小説を書き始めた九年前の私は思ってもみなかったことでしょう。とても嬉《うれ》しいです。コミカライズがいつ頃連載開始になるのかは未定ですが、読者の皆様と一緒に私も楽しみに待ちたいと思います。

　そういえば皆様はお気づきでしょうか。第四巻のメロンブックス様の限定タペストリーは吸血鬼のコスプレをした朝華でしたね。そして第一巻では魔女のコスプレをした未夜がメロンブックス様の限定タペストリーで描かれました。さて、それでは手元にクソガキ三巻を持ってくるのだ。そして264ページを開いてクソガキパートのハロウィンの挿絵をじっくりと観察するのだ。

　お分かり頂けただろうか……

　ふっふっふ、これ以上は何も言うまい。

　最後に、イラストを担当してくださったひげ猫《ねこ》さん、担当編集Nさん、そして読んでくださった皆様、ありがとうございました！

二〇二四年二月某日　館西夕木

OVERLAP

10年ぶりに再会したクソガキは清純美少女JKに成長していた 4

発　行　2024年4月25日　初版第一刷発行

著　者　館西夕木
発行者　永田勝治
発行所　株式会社オーバーラップ
〒141-0031　東京都品川区西五反田 8-1-5
校正・DTP　株式会社鷗来堂
印刷・製本　大日本印刷株式会社

Printed in Japan ISBN 978-4-8240-0793-3 C0193

作品のご感想、ファンレターをお待ちしています
あて先：〒141-0031　東京都品川区西五反田 8-1-5 五反田光和ビル4階　ライトノベル編集部
「館西夕木」先生係／「ひげ猫」先生係

PC、スマホからWEBアンケートに答えてゲット!
★この書籍で使用しているイラストの『無料壁紙』
★さらに図書カード（1000円分）を毎月10名に抽選でプレゼント!

▶https://over-lap.co.jp/824007933
二次元バーコードまたはURLより本書へのアンケートにご協力ください。
オーバーラップ文庫公式HPのトップページからもアクセスいただけます。
※スマートフォンとPCからのアクセスにのみ対応しております。
※サイトへのアクセスや登録時に発生する通信費等はご負担ください。
※中学生以下の方は保護者の方の了承を得てから回答してください。

オーバーラップ文庫公式HP▶https://over-lap.co.jp/lnv/

オーバーラップ文庫
灰の世界は神の眼で彩づく
e Gray World is
Coloerd by
he Eyes of God
俺だけ見えるステータスで、最弱から最強へ駆け上がる
最弱の少年は最強を凌駕し
常識を破壊する!!
ダンジョンが現れ、人類が魔力を手に入れた世界。アンランク攻略者である天地灰は報酬金目当てで未知のダンジョンに挑み死にかける——が、その瞬間世界の真実を見抜く『神の眼』という特別なスキルを手に入れて——?　最弱の少年が最強の英雄へと至る成長譚!
著 KAZU　イラスト まるまい
シリーズ好評発売中!!

オーバーラップ文庫
異能学園の最強は
平穏に潜む
～規格外の怪物、
無能を演じ
学園を影から支配する～
[その怪物――測定不能]
最先端技術により異能を生徒に与える選英学園。雨森悠人はクラスメイトから馬鹿にされる最弱の能力者であった。しかし、とある事情で真の実力を隠しているようで――？　無能を演じる怪物が学園を影から支配する暗躍ファンタジー、開幕!
著 藍澤 建　イラスト へいろー
シリーズ好評発売中!!

第12回 オーバーラップ文庫大賞
原稿募集中！
イラスト：じゃいあん
【締め切り】
第1ターン 2024年6月末日
第2ターン 2024年12月末日
各ターンの締め切り後4ヶ月以内に佳作を発表。通期で佳作に選出された作品の中から、「大賞」、「金賞」、「銀賞」を選出します。
その物語は、きっと誰かが好きな物語。
【賞金】
大賞…300万円
(3巻刊行確約+コミカライズ確約)
金賞……100万円
(3巻刊行確約)
銀賞………30万円
(2巻刊行確約)
佳作………10万円
投稿はオンラインで！ 結果も評価シートもサイトをチェック！
https://over-lap.co.jp/bunko/award/
〈オーバーラップ文庫大賞オンライン〉
※最新情報および応募詳細については上記サイトをご覧ください。
※紙での応募受付は行っておりません。